镜墨燕鸿荒

温八无 著

Comte Barcelona
巴塞罗那伯爵出版社

First edition
Editing by Qinfeng Zhang
Front cover and illustration by Xiaobo Nie
First printing Febrary 2020
Published by Comte Barcelona

ISBN: 978-84-121756-0-8(Paperback Edition)
ISBN: 978-84-121756-1-5(Digital Edition)
Visit https://comtebarcelona.com

书名：镜墨燕鸿荒
著者：温八无
版次：2020年2月第1版
封面与插图：聂晓波
编辑：张秦峰
出版发行：巴塞罗那伯爵出版社

ISBN: 978-84-121756-0-8 (平装版)
ISBN: 978-84-121756-1-5 (电子版)
详情可访问网站：https://comtebarcelona.com

自序：武侠已死 武道将行

　　按照传统武侠小说的起源、兴盛、传播、受众来看，它的本质是一种娱乐化的文字产品。它的发展历程不再赘述了，还珠楼主、金、古、温、梁也都是耳熟能详的人物。着重说一下"侠"这个概念衰落的必然。

　　中国小说最早普及的形式是话本，所谓话本，便是说书人街头说故事的文字底本。古人多不识字，无法自行阅读，只能在街头聚集听人说书。说书不是读诗，文字的文学性不能高，可以让听者听得清楚明白就好。书中人物也不能复杂，最好扁平单调，善人与恶人立场分明，故事情节跌宕起伏，这样便可以吸引到听者，不至于做砸了买卖。

　　因此，话本小说里的人物必然是脸谱化、扁平化、性格单一的角色。旗帜不够鲜明的人物不足以成为当时戏剧化审美的寄托，广大受众乐于听到贫穷但正直有才的书生和大户人家的善良小姐结姻、劫富济贫的的孤胆侠客收拾了恶贯满盈、为虎作伥的封建势力，对人物的性格要求单一鲜明到十分可怕的地步：要么真善美，要么假恶丑。

　　这样的文化不仅仅植根于话本，在中国古代的神话、戏曲中都多有体现。侠义公案小说里，大侠的角色设定基本就是一个虚假的人形标本，他不具有人真实的情感和性格立体面，他在内容中的作用只是尽最大限度地凸显正面的、被褒奖的品德。

　　到了梁羽生和金庸时代，依然承袭了这样的话本遗风，虽然在人物塑造上略有进益，引入了一些立体的、丰富的人物情绪和宿命论调，但仍然未能摆脱人物脸谱化的问题。"武侠"这个词里，偏重刻画的是"侠"，在他们的认知中，侠究竟是什么？如何定位侠的概念？这便要从他们的文字里去寻找答案。

以最著名的金庸武侠举例。在金庸"飞雪连天射白鹿，笑书神侠倚碧鸳"这十四部小说里，除了《鹿鼎记》里一上来交代了韦春花是妓女，韦小宝贪污了五十万两银子，其余十三部里的主要角色都未清楚交代收入来源。然而金庸是热衷为自己的作品设置历史背景的，且喜欢引入真实的历史人物进行戏说。那么，既然有形同真实的社会背景，那么人物便要在社会里有自己的角色。也许在古代有人可以脱离社会而生存，但是在社会里行走的"侠客"不行，他们一旦进入到社会，便要和形形色色的人物、机构、组织发生关联，没有人可以"绝对脱离社会地"而在社会中生存。但是金庸并没有考虑这些，所以《笑傲江湖》里的华山派、《天龙八部》里的逍遥派、《射雕英雄传》里的桃花岛、《侠客行》里的雪山派、《倚天屠龙记》里的明教，都是收入来源不明的社会孤岛。

有人提出金庸小说里的"帮派土地论"，声称这些帮派都是靠土地产业，出租给佃户获得收入的。我在这里并不赞成主动胡乱为金庸的描写空白辩解或填充。没有写就是没有写，说明这在金庸的意识中并不重要。然而，在文学对一个人物的塑造里，生存永远是无法规避的主题，规避了这个主题的人物设定必然是空洞而虚伪的，甚至是扭曲的。当然，角色可以是富家子弟，不愁吃穿；可以是大土地主，有稳定进账；可以劫富济贫，保证花销；也可以是做三天强盗，再做一天大侠。

所以在不知道"侠"的生存来源的时候，"侠"便成了一个不能确定的伪概念。郭靖从蒙古到中原，再到桃花岛，再到华山论剑，没挣过一分钱，他是怎么活下来的？有人说不要纠结这些，这是艺术处理，我不同意，因为这很不艺术，一个人的生存来源被忽视，被遗弃，那我对这个人就要产生怀疑，对他代表的"侠"这个理念就要产生怀疑，因为他很可能在我们不知道的"读者盲点"区域里做了很多反侠客反人性反道德的事情。

金庸塑造了很多这样的值得怀疑的侠客，故而他的很多小说都站不住脚。他极力地想将一些丰富细腻的情绪和感受融入到他的角色里去，但他终归无法破除"侠"这个光环给他带来的束缚，他书中的正派反派立场是十分鲜明的，大多数的角色设置皆为纯善或者纯恶。侠客的作为皆因为善与恶的冲突，正与反的较量。这样的小说确实娱乐了大量的读者，但回过头来想想，武侠小说正因为这样的扁平化处理从而显得幼稚、粗陋。

并不止他一人有这样的问题，后来的古龙、温瑞安的小说里也都有这样的情况存在。江湖被神化，在江湖里行走的人全部都像是脱离社会的异次元来客。这种根基下，武侠人物永远都只是表面化、现象化的烟幕，温瑞安后期力图实现的"武侠文学化"也基本走错了路线。不除掉"侠"这种图腾，如何可以让文学迈进一个浅薄的神话世界。"侠"这么多年来在受众的印象中已经不仅仅代表了一种身份，更多被解读为一种超人化、奇异化、为所欲为并毫无受制体系的虚伪存在。"侠"成为了这个体系中的神。

所以，武侠小说的衰落是必然的。主角的升级情结被修真小说继承并超越，角色武功的奇技淫巧与修真小说里眼花缭乱的功法相比也相形见绌。这么多年来的武侠小说，究竟留下了些什么深刻的东西呢？

"武侠"一词，被金庸们偏重了"侠"字，而忽视了"武"。现如今"武侠"已经死了，不把"侠"字扔掉，"武"也难以幸免。武道小说，救活了"武"，并偏重于"道"。那么，什么是"道"？

人类从起源开始，就一直在以自己的直观和理性认知世界。人类发明了符号、语言、文字、技术、逻辑等人类文明，以人类可以穷尽的手段去开发并试图理解宇宙和自身。这一切都是积极的，但都是人类主观意识的反射。即人类认为自己在解密自然的密码，然而真相是人类只是将自己的主观认知套在自然的现象上并自圆其说。

在古老的时代便有人提出，在所有人类理解之上存在着这个宇宙真正的规则。规则与自然之间是没有缝隙的，自然刚刚好是规则呈现的样子，没有任何抵触、不合、强制。这种纯然无碍的规则，便是道。道蕴自然，无需思考，道超越所有思辩与推导，只是境界上的抵达。

"武"当然也可以是一种道。摆脱了"侠"的图腾，"武"才真正显现出自己的价值和魅力。所以武道小说里的角色只是武者，武者和寻常人没有什么不同，一样需要衣食住行、生老病死。武者是人，只是刚好浸淫于武道。人有七情六欲，表象与内里。人没有什么绝对的善恶，只有立场的不同。人不是道德的化身，人只是私欲与公德权衡的产物。

以武入道，才是一个身为人的武者最应该做的事情。

所以我写《死水微澜》，写《镜墨燕鸿荒》，便是为了力行我的道。

第一章 长夜将尽

在长夜里，璎红的长枪依旧散发出不倦的战意。

时已入秋，山里的枫叶开始转红，薄白而轻盈的月光淡淡地落在树叶上，仿佛是枪头上那一缕红缨映射的斑驳。他站在这一片红黄相间的林木中间，整个人在月光下忽隐忽现，红色的襟袍时而醒目时而黯淡，像一枚会随着光线流转不停变换色彩的灵石宝玉。

是这姣好的月光扰乱了我的心。他在心里默默地念着。风吹过枝叶，传来了林木深处堆积的草叶的味道和细小的动静。他在这些细小、繁复、谨慎的微弱音源里仔细辨认，听到了野兔的脚步、蚂蚱的跳跃、树叶被蛇碾过的断裂、土壤被发芽的树苗顶破、以及野兔临死前的挣扎。

他又重新平静下来，呼吸恢复了悠长且均匀。只有这些真实的杀戮，自然的生与死，可以让他平静下来，他甚至觉得自己只为杀戮而生。记不清自己从什么时候开始醉心于生死博弈，他闻不到自己手上的血腥味，不是说杀过人的双手都有余腥的吗，可他用这双手在鸡笼山顶采摘的半云雨花茶叶冲泡出来的茶汤曾让中书左丞相、韩国公李善长李大人都赞不绝口。

他对茶的热爱远近闻名，鸡笼山顶那一块茶园就是专门为他打造的。新茶采摘时，他亲自参与其中，将茶树最顶上的茶叶单独拣出，加入八角和桂皮高火快速翻炒至淡青色，剔除其中的香料后，以少女十指揉捻、去梗，方能炮制。这茶一年也就只有两斤半的分量，他将其命名为"半云雨花"，制成后一半交给会主在朝内打点，一半自己留着冲泡饮用。西湖蓝家的家主蓝若寺也是爱茶之人，曾想用灵隐种植的极品龙井与他交换，遭他拒绝，后提出以三换一，他仍是不肯。

想夺我的茶，正如要夺我的枪。他暗暗地笑了一下，想起蓝若寺派人送来的信笺里那无奈又没好气的言语，不由得有几分得意。西湖蓝家在杭州府独大，垄断了杭州所有的产茶、织造、制陶、花卉生意，势力遍及杭州、临安、富阳、桐庐，向来不怎么给他们面子。又在去年，蓝若寺的嫡系长子蓝玄镜参破蓝家百年来无人练成的家传秘剑术"玄瞳镜剑"，在灵隐寺外以镜像万法般的剑法格杀了前来争夺制茶生意的"八分天下堂"的"剑堂"首座霍织轻，名动朝野。当世第一铸剑大师长孙增荣感应到蓝玄镜的剑意，罕见地主动为其铸造了玄剑"法眼"，这也是长孙增荣继为天下第一剑客关墨铸造佩剑之后铸造的第二把绝世剑器。蓝玄镜的风头一时无二，压住了与他齐名的一些剑客，这其中便包括他们会中一位喜欢穿一身白衣、以剑法闻名的门主。

他们会主本就提前给长孙增荣送去了拜帖，希望长孙可以为白门门主打造一把佩剑。岂料长孙增荣在雪隐炉于白日间感应到"玄瞳镜剑"的破格之势，意难自禁，竟抢先为蓝玄镜铸造了玄剑"法眼"，这也使得蓝家无形中胜了他们一筹。

所以当蓝若寺附信求茶时，他便一口回绝。不能总让蓝家遂了心愿，有时候也得杀杀他们的骄气，会主度量大，从不与他们计较，还告诫我们蓝玄镜剑法通神，不可造次。我知道白门门主不服气，一个绝世的剑客又怎么能没有自己的傲气。即便是我，我也不相信自己的长枪会败给一个西湖秋月里的迷离之人。

他望向自己手中携带着自己体温的长枪，眼中是不可一世的桀骜不驯。他们会中七门门主与会主亦师亦友，虽然每人修习的武学不同，但会主对每一个人都有提点和教导。七人的武学也是会主根据各人不同资质和特性予以分配培养。生来高贵、性情桀骜的他修习了枪法，并以一柄长枪败尽了应天府所有的使枪名家。

抚摸枪身的时候，他的手掌心会感受到由枪尾处传来的大地的震动。天就快亮了，月光越来越淡，像一场抽身而退的幻梦。他从枪身的震动里感知到了不远处行来的车马队伍，队伍人不多，大约只有三十人的脚步声。可每一个人的脚步声都轻若无物，不仔细听会觉得那只是野猫的蹑步。队伍中应该有一辆硕大的马车，但令人惊讶的是从声音里基本辨别不出这辆马车，车轮与马蹄应该都经过了特殊处理，听觉敏锐如他，也只能从枪身的震动里感知到它的存在。

车队缓缓地出现在了他的视线里。一辆乌黑色的、以精铁铸造车身的巨型马车被八匹骏马拉着，在并不宽敞的山道上徐徐前行。马车周边环绕着四个人，这四个人左右分开，每边两个，保持着一定的距离护卫着马车。这四个人身周又围了两层的人，整个队伍以一个固定的方阵移动，节奏丝毫不乱，一眼看去便是受过优良训练的精锐势力。

车队行驶至他近前的时候，突然停了下来。

马车里有一个低沉的声音传出来："你们四个亲自出手，这次来的人很强。"

马车周围的四个人没有应声，没有动，因为他们突然看见山道上方不远处的红枫树林里，本来半黄不红的枫叶，竟然在一转眼间全部赤红。夺目的红色并没有停歇，它从树顶的枝叶上蹿越而下，一弹指的功夫便席卷了山道上的整片树林，就连山道上的土石也受到浸染，转为赤红。

车身左侧前方一个佩剑的人说："是他。"

车身右侧前方手持长枪的人说："我来接他的枪法。"

话音未落，一个浑身赤红的身影，和着夜色刚刚褪去之后第一丝破晓的微光，从漫山遍野的朱红色里神迹般跃至马车上空，一枪横扫，将马车前方二人同时笼罩进这一枪之威。

车身右侧的持枪人闷哼一声，手中长枪猛地掀出，刺入了一片盛极一时的红。与此同时，马车左侧的佩剑人也长剑出鞘，一剑撩进了好似永远也不会褪色的朱赤。

如海潮一般席卷的朱红大赤在瞬息间恍若停顿了分毫，一剑一枪格挡住了凌空而下的朱颜不改，这一次交击发生的时间很短，也许并不超过两个弹指的功夫，可所有眼见的人仿佛都经历了一场岁月漫长的、须弥与昆仑的颓褪之变。

赤潮终在昆仑与须弥的坚守下回首，如海潮一般卷来的赤红又如海潮一般退去，沿着山道上的石土、漫山遍野的山林退守到红枫枝叶的顶端，只将朱颜未改的底色留在了众人的眼眸之间。

持枪人大喝一声，枪身回弹，深入地面，他执枪的手连续发出"喀喀喀"的爆裂声，右脚倒退一步，深踩成坑。用剑人纳剑入鞘，竟把持不住，剑鞘剧震，几欲脱手，剑鞘尾部不受控制地撞击在精铁车身之上，发出巨大的声响。

车身左右后侧的那两人都变了脸色。一招之间，赤红色的枪法便震伤了号称"一枪一昆仑"和"一剑一须弥"的两大供奉级高手，他们二人自忖换作自己出手，恐怕也未必不是这样的结果。就在二人思忖的时候，远处的山坡上又卷起了一道古典的青气。

马车里的人长叹了一声，说道："既然青山依旧在和朱颜空自改都来了，那么恐怕他们的会主左丘飞鸿也应该快到了。"

"正是。"一身红衣如火的朱颜空自改和一身青衣如墨的青山依旧在不知何时已站在距离马车五丈外的山道上。"乌鲁特，会主大人此次为你亲自前来，也算是看得起你了。"

马车里的人沉默了一会儿，复悠悠说道："我只是想再看看关外家乡的草原。"

只听见一个忽远忽近，无法辨别方位的声音远远传来："此间事了，我左丘飞鸿承诺你，会将你的骨灰撒在你故乡的草原上。"

第二章 紫衣挟刀斧

马背上的风总是像一曲缥缈不定的歌谣，随着肢体与毛发的舒张百转千回。作为一名斥候，他听惯了这样的曲子，也在经年累月的长途奔袭中与胯下的坐骑形成了统一的、富有韵律感的协作之道。当他与马儿的肌肉、动作在奔跑过程中频率和幅度上达到完美契合的时候，他便会觉得自己也前后迈开了四肢，伸展成为了一件不知疲倦的跑动之物的一部分。

在江南三大世家之一的叶家做一名斥候，所要通过的考验是不可想象的。在每年的选拔里，一百个人的通过率往往不到一人。而通过的这一个人不但要精于泅水、易容、伪装、缩骨、技击、龟息、马术、杂耍、暗器、布毒，必要的时候，他们甚至要牺牲自己的尊严和肉体用来换取比他们的生命更为重要的情报。

所以这么多年来，叶家的斥候体系不但在江湖中独树一帜，即便与应天朝廷最精锐的暗探机构"拱卫司"相比，恐怕也犹有过之，而江南叶家所获得的情报之巨、细、深、广更是冠绝武林。叶家家主叶落然特地在世家内开设了"鹰眼阁"，集选拔、训练、培养斥候和采集、甄选、交易情报等要务于一体。

他在叶家做斥候已经超过了十个年头，与他同期的叶家斥候绝大多数已经死在了这十年间江湖上发生的大大小小的门派战役之中，活下来的人也不堪忍受斥候生涯的凶险，纷纷申请调动至"鹰眼阁"担任斥候教头或者情报交易使等角色。

而他，则成为了叶家首席斥候、"鹰眼阁"供奉，直接听命于叶落然，叶家其余人等都无权差遣。这十年间，他曾潜入战场，从王朝颠覆的两军之中带回对垒名将的饮食起居以及声色喜好；他曾遁入元大都，巧扮身份获取到了元顺帝膝下十二位皇子与格格的府中秘辛，并在每一位格格的梳妆镜前留下了一支夕阳红色的滴翠杜鹃；他曾潜入江湖中没有斥候敢进入的唐门，拓印了唐门家主唐南诗身边第一谋士唐孝离的案前卷宗，被发现后成功借水路逃脱，将一部分唐门内部名录带回了叶家。

在他的斥候生涯中，遇到过极度凶险的境况，但他都凭借自己冷静的性格与高超的技艺化险为夷，没有一次让叶落然失望。然而这次派遣，他能感觉到叶落然语气中的踌躇与忐忑。任务并不困难，他只需要沿途跟随因元朝败亡而不得不从元大都北归的逐鹿帮帮主乌鲁特以及他身边的四大供奉出关即可。在这十年当中，他接下的很多任务都要比这凶险得多，他不明白家主的语气里为何会有那么的不安。

他一路跟随着逐鹿帮的车队，十余日后终于接近了玉门关。乌鲁特选择在深夜即将黎明的时刻赶路，他明白这是为了避开大部分人的眼线。车队行在流鹊山的山道上时，山道边的红叶林里泛起了战意的赤潮。他立刻辨认出拦截车队的人是新近在京师崛起的飞鸿会朱门门主朱颜空自改。

人与马在这样的思绪里驰进了江南苏州府，马如人一般在并不宽阔的石板路上碎步斜转，遇到人与车主动侧让，跨过一座又一座弧度优美的石拱小桥，倒映在桥下河水里的图景像被秋风剪碎的水絮，与小桥两岸的吹糖人和泥人货贩形成了一个诗意的圆。

他并没有将马策向叶府，而是直奔城西北的七里山塘。山塘河离阊门闹市不远，河边有专门驻马的马房。他将马匹安置于马房内，自己却在无人注意到的时候，潜入了山塘河中。河道幽深，他在目不能视物的河水里却熟悉得像进入了自家的后花园，泅泳一炷香的时间后，在水中身体蜷缩起来后又突然伸展，高高跃起后落下，人却已在叶府主宅的后花园之中。叶落然居所花园里的池塘竟然与山塘河相连，这恐怕是连苏州府衙门都不知道的事。

他疾步向叶落然的宅子走去，走动过程中催动内劲，蒸发身上的水分。双手在脸上一阵涂抹，卸去了易容的面相。全身骨骼在走动中一阵爆响，他整个人仿佛涨大了一圈，腰、肩、背、腿的比例全部改变。

穿过堂屋，走进叶落然垂手站立的书房里的时候，他已经完全恢复了自身的原貌。

"很好，你辛苦了。"叶落然转过身来，用鹰隼一般的眸子看着他。

他从怀里掏出一个腊封递了过去。叶落然捏碎了外层的腊封，取出里面保存完好的纸张，从头到尾细细地读了一遍，过程中瞳孔连续收缩了三次，读完之后仿佛重重地吐出一口气，口中念念有词："嘿，好手段，真是好本事。"

他退出书房的时候，心里一直在挣扎，要不要把他亲身经历的事情和盘托出，统统告诉叶落然。最终他还是决定隐瞒，因为他知道一旦叶落然知道了事情的真相，自己绝对活不过今晚。

作为一个窥探过江湖中无数高手名宿的"鹰眼阁"供奉，他当然了解乌鲁特和他手下"拳掌枪剑"四大供奉的武功有多么惊人。逐鹿帮能在元朝显贵的支持下独步元大都也绝非浪得虚名。然而即便是这样的人物，在左丘飞鸿出场之后好像都变得渺小如蝼蚁。

乌鲁特在左丘飞鸿出现后即跃出车厢，施展出自己未逢敌手的"天荒地老唯我独葬"大法，却在左丘飞鸿面前凋谢得如一座年久失修的无瓦老屋。他跪在山道上亲眼看着自己的鲜血洒满了身前的土石上的时候，应该也没有想到自己的武功在左丘面前会是如此的脆弱不堪。

伴随着乌鲁特绝望的嘶吼，优雅高贵的青气与战意如血的赤潮也淹没了曾经名震武林的"拳掌芥子，枪剑须弥"。战斗持续的时间并不漫长，但是青气与赤潮却将那片山道与树林久久浸染，不能寸退。

他没有流连眼前骇人的景象与震撼的战意，因为车厢里另一个人物的出现。那是一个被过度惊吓后六神无主的男人，他手足无措地蹿出车厢，想躲进山道两边的密林中去。奄奄一息的乌鲁特居然纵跃而起拦在他的身前，为了保护他，乌鲁特向左丘飞鸿发动了最后一次攻击。

左丘飞鸿没有动。青山依旧在和朱颜空自改也没有动。

他只看见紫色的身影一闪，一柄硕大的、带着风雷之势的巨斧如一抹微风般地吹拂过乌鲁特的颈部。

巨斧一闪而没。

乌鲁特的人头像一支旗花火箭一样激射出十丈开外，投入了山道边青赤交接的密林中去了。

他再一回头，身穿紫衣的人已经无声无息地出现在了他的身后，手中拎着那把看上去举重若轻的巨斧。

"记住，今天不杀你，是为了让你回去说该说的话。"

他走出叶落然的主宅堂屋的时候，发现自己的后背已经被冷汗浸湿了。

第三章 如果一柄剑有生命

"真是一团乱麻的局面。"

叶落然读完斥候带回来的情报，独自一人在书房里坐了很久。有些事情他想不明白，需要趁着夜深人静的时候在檀香红烛的弱火里琢磨琢磨。书房的窗户微掩，后院里有风吹进来，烛火摇摆不定，一只飞蛾围绕着烛火转了几圈，不太确定是不是应该将自己的生命投入到这温暖并光明的热情中去。

飞鸿会为什么会去阻截乌鲁特呢？远在元大都的逐鹿帮与新近刚在应天府崛起的飞鸿会可以说井水不犯河水，即便左丘飞鸿背后是以中书左丞相、韩国公李善长为首的势力集团，可李善长堂堂大明丞相，又怎么会与乌鲁特那种败军之犬一般见识？再者说，以飞鸿会参与此次阻截的人物来看，朱颜、青山、紫衣三人便足以完成行动，即使考虑到乌鲁特实力不俗，那么再加上近日来风头正劲的白日依山尽也足以保证万无一失了。左丘飞鸿为何要远离应天府，远离李善长，在现在这个时局混乱的当口出现在千里之外的流鹊山呢？

另外，车厢里另外那个男人究竟是谁？乌鲁特为何到临死前还在保护他？

这一切，都说不通啊。

叶落然揉了揉酸涩的太阳穴，目光无意中落到桌上的另一份卷宗。那是数日前由另一位斥候发回来的书简。

"洪武元年七月末，徐大将军驻兵通州，整顿七日。七日内有三路江湖人士进入徐军大营。元顺帝经居庸关北逃后，大军方进驻大都。"

叶落然仔细揣摩着卷宗上的内容，一时间有些失神。围绕着摇曳的烛火飞了好几圈的蛾子终于扑进火去，火势一涨，才将入神的叶落然惊了回来。

他好像顿时明白了些什么，急忙翻开另一份卷宗，那也是数日前刚刚得到的另一份情报。

"徐大将军于驻兵通州的第五日千里急件发给中书左丞相李善长。李相于四日后接到急件，当晚飞鸿会左丘飞鸿与门下朱颜、青山、紫衣离开应天府。"

叶落然喃喃自语道："那么问题的关键，便是那封急件上到底说了些什么。"

"你们想不想知道，那封急件上到底说了些什么？"

说话的人在轿子里，看不见样貌，声音轻柔平和，有一丝懒洋洋的惬意。他这句话是对着轿子边的四个人说的。这四个人分别走在轿子的前、后、左、右四个方位。

走在轿子左侧的人低声应道："属下不敢。属下只负责护卫相爷，军情机密属下不敢多问。"

轿子里的人缓缓说道："你们不敢问，就让我来说吧。急件上说，元顺帝的十二皇子仓皇中未能随大部离开大都，而是由乌鲁特一行人护送从玉门关山道北逃。他忙于入主大都和追击元顺帝残部，无暇他顾，便要我从旁协助，派遣飞鸿会的人前去抓捕。如若能擒拿十二皇子也是大功一件，可以在将来与北元的对峙中取得筹码。"

走在轿子右侧的人回道："徐大将军如此考虑也是周密。于我大明的江山社稷确实有利。如果左丘飞鸿他们能成功完成行动，想来圣上也会龙颜大悦。"

"大悦？呵呵，大悦个屁！"轿子里的人突然发难。

轿子左右两侧的人急忙低头应道："相爷息怒！属下知罪。"

"你们这几个笨蛋！大笨蛋！滑天下之大稽的蠢货！不知所谓的猪头三！跟了我这么多年，居然连这点门道都看不出来，你们说说你们是不是比驴还憨？！"

轿子周围的四个人都不敢出声。他们知道当轿子里的人生气大怒的时候，自己最好什么都不要说。

轿子走在宽敞的官道上，时已迟暮，官道两边因为天色已晚，摊贩与货郎已经全部散去，所以显得十分冷清。抬轿的八个人走在一马平川的青石板路上，仔细听去居然没有一点脚步声。轿子里的人好像还在生气。

走在轿子最前面的人突然停了下来。他看到在街边左手不远处，蹲坐着一个看上去很平凡、很普通的中年男子。男子的身前摆着一个木制的小盆。轿子里的人突然开口："鸠摩罗，过去看看。"

轿子行到中年男子的身前停下来，走在轿前的鸠摩罗走到木盆边蹲下来，看到盆里有水，水中有两尾花斑白底的金鱼。

"你是卖金鱼的？"鸠摩罗盯着中年男子，问道。

"我今天、现在是卖金鱼的。"中年男子平静地回答。

"那你明天是干什么的呢？"鸠摩罗问。

"今天这两尾金鱼如果卖出去了，明天我就什么也不干，白天日上三竿再起，去绿柳居吃个早中饭，下午去乌衣巷里的月华池泡个澡，晚上到门东的岚翠轩点几个小菜，要一壶黄酒，好好地喝一顿。"

"这两条金鱼的钱，够你这么花么？"

"够了。"中年男子不急不慢地说。

鸠摩罗深吸了一口气，双目如剪，看着中年男子那毫无波澜的面庞。

"你的鱼怎么卖？"

"五百金。"中年男子淡淡地回道。

“给他五百金。”轿子里的人突然说话了。

鸠摩罗不敢违背轿子里人的命令，从怀里掏出一张银票递了过去。中年男子接过银票，看了一眼数目没错，随手塞进怀里，然后双手端起水盆，交给鸠摩罗，说道："钱我收了，这是你们的鱼。"

“收鱼。”轿子里的人说道。

鸠摩罗双手刚刚接过木盆，耳朵里就听见了在暮色里迎风而来的箭矢破空声。他的心微微一沉，抬眼看了下中年男子，发现他还是坐在地上，好像并未意识到发生了什么。

箭矢并没有能够射到轿子上，中途被站在轿子左侧的人全部在半空中截了下来，身手之快，宛如鬼魅。轿子右侧和后方的人没有动，他们镇定得像两块礁石，好像在日落后的长街上发生这样的事情就和吃饭喝水一样平常。

第二轮攻击很快就来了。铺天盖地的暗器在昏暗的长街上恍若群舞的飞蝇。站在轿子右侧的人腾身而起，在空中双臂连甩，从他的袖中竟然射出了比袭来的飞蝇更多的暗器。两股逆向的暗器之潮在空中互相扑咬、撕扯、撞击、湮灭。那位刚才露了一手的暗器大师落了下来，依然不慌不忙地站在轿子的右侧。

一直端着木盆面对中年男子的鸠摩罗和站在轿子后方的白衣剑客都还没有出手。这四个人单独一个拿出来都是可以独据一方的巨擘，更别说四人联手。想来无论怎样的攻势在他们四人的合力之下恐怕都会被瓦解。

长街沉寂了下来。一时间不再有箭矢和暗器袭来。鸠摩罗依然端着木盆，盯着眼前的中年男子。在四人当中，他做轿中人的贴身护卫时间最久，在江湖中的威名也最盛。“鸠摩罗”的名号来自于古梵语中的“战神”之意，他的真名本叫王鸠郡，自一场帮派纷争中他一人连败对方三名归隐名宿之后，就被江湖中人尊称为“鸠摩罗”。可以说大大小小的战役他都经历过，也遍识天下武学宗师。但他就是看不透眼前的这个卖金鱼的男子。

　　长街上又暗了几分。身在轿子后方的白衣剑客手中长剑蓦然出鞘，他身影一闪，没入自己身后有些雾气的朦胧里，剑光连闪，没有金属交击的声音，然而鸠摩罗却知道，那比长剑相交要凶险百倍。

　　白色的身影一闪，又出现在轿子后方。剑客的左手臂上鲜红的血渗了出来，在白色的袖子上特别鲜明。鸠摩罗吃了一惊，他实在没想到，居然有人能伤了这名剑客。

　　淡淡的雾气中走出两个人，一男一女，一高一矮。两个人的手里都执着一把剑，他们的步伐平稳、均匀、闲适，像一对在晚饭后出来散步的夫妻。只是他们的剑意已然锁定了在场的所有人，即便强如鸠摩罗也觉得身体表皮如被针刺。

　　这是多么可怕的剑意。

　　白衣剑客虽然受了伤，可还算是沉稳地说道："是南武林剑术最强的'刻舟求剑'。"

　　听到"刻舟求剑"四个字，就连鸠摩罗的心都沉了下去。

　　这两个人当年在三清山上双剑合璧，绞杀了三清剑派五大长老之后，"刻舟求剑"的名号就响彻武林。强如昆仑派剑阁首座抱朴子都不敢为友出头，只是谴责了几句，二人便又杀上昆仑，若不是武当冲虚剑院三大坐馆驰援，怕是连抱朴子都难幸免。只是在数年前听说二人归隐，没想到今日却出现在这条长街之上。

　　轿子左右两侧的鬼手无影和暗器宗师同时跃出，一出手就是毕生绝学。漫天暗器如雨，配合着如影鬼手，这一击之威，眼看着就要将这一对缓缓踱步的夫妻二人吞噬。

　　蓦地剑光一闪，女子长剑出鞘，在身前用剑画了一个圆。遮天的暗器就像归巢的蜜蜂一般全部被吸进了那个圆里。就在众人被眼前的一幕震撼住的时候，男子手中长剑刺入掌影，剑锋入肉，长剑还鞘，鬼手的双掌已经被齐齐削去。

　　卖金鱼的中年男子此时突然抢过鸠摩罗手里的水盆，对他说道："别盯着我啦，我不是你的敌人，他们才是。"

　　鸠摩罗愣了一愣，他这双手里拿住的东西，还从来没被人如此轻松地夺走过。

他此时心里再无怀疑，一个长揖到地，恭声说道："请前辈出手。"

中年男子笑了笑，问道："我为什么要出手？"

鸠摩罗道："因为前辈收了我们五百金。"

中年男子一脸恍然大悟的样子："是哦，我收了你们五百金。谁收了别人五百金，好像都得要帮帮人家的。"

他小心翼翼地把木盆放在地上，从盘坐的地方站了起来，原来身下一直盖着一把看上去平平无奇的长剑。中年男子随意地拿起长剑，走到站在轿子后侧的白衣剑客身旁，有些唏嘘地说道："你就是左丘飞鸿门下的那个白日依山尽吗？"

白衣剑客点了点头，没有说话。

中年男子咂了咂嘴，看了一眼正缓缓走近的"刻舟求剑"二人，说："你们两个等一下，我先跟他把话说完。"然后掉过头来，看都不看二人一眼，只顾着对白日依山尽说："以你的年纪，能有如此剑法，算得上是天赋异禀了。我遇到剑术奇才，总是忍不住多说几句。从你刚才的剑势来看，已窥剑道堂奥，在将来的修行中，应多观天地自然之境，看风如何吹断枝叶，河石如何切断水流，生命如何破碎壁壳，蜂针如何刺入花蕊。如果一柄剑有生命，那么剑客自当赋予它对自然与生死的感悟。如能体会，自当精进。"

白日依山尽神色一凛，躬身道："多谢大师提点，晚辈受教了。"

中年男子点了点头，转过头来看着已经停步不前的"刻舟求剑"，朗声说道："陈刻舟，张求剑，五年前便想与二位切磋一下剑艺，没想到今日倒是遂了关某的愿。"

陈刻舟与张求剑对视了一眼，有些吃惊地说道："是你？"

"不错，是我。"

中年男子的右手握住了剑柄。顿时间整条长街上剑气割体，手握剑柄的中年男子再也不是刚才那个平凡无奇的卖鱼人。

陈刻舟与张求剑的剑已出鞘了。二人携手对敌这么多年，从无一败，今天他们二人也很有信心可以击败眼前的强敌，即使这个中年男人就是号称"天下第一剑"的"断空"关墨。

如果这个中年男人是关墨，那么他手中的剑便是铸剑大师长孙增荣铸造的名剑"断空"。

几乎没有声音，"断空"出鞘了。剑光里闪烁着更强的律动，"断空"出鞘，整条长街仿佛都被一剑斩断。

在白日依山尽的感觉之中，墙垣和街道两边的楼阁全都断裂了，整条长街一分为二，就连自己的身躯，都好似要在这一剑之下四分五裂。

无物不断。

关墨一剑斩断了在场所有人的视、听、闻，"断空"归鞘时，地上只留下两柄断掉的剑刃与两具断裂的尸身。

"天下第一剑，果然名不虚传。"轿中人缓缓地吐出了一口长气。

第四章 暗流涌动

一辆硕大的、车厢由精铁制成的马车，被八匹精挑细选的骏马拉着，在并不宽敞的山道上以一个平稳的速度前行。马蹄和车轮都经过特殊处理，所以虽然山道陡峭，却并没有什么太大的声音，而且车身稳定异常，车厢里的人会有如履平地的错觉。

车头坐着一个身穿青衣的男子，以一手牵着八匹马的缰绳，将车前的八匹马约束得就像被精密机簧打造而成的木牛流马。车厢帘被掀开，一个身穿红衣的男子从车厢里走出来，也坐在车头。时近正午，山道两边的树林里不停地有鸟雀成群地飞出来，在空中盘旋几周，再投入密林的更深处。他们可以听到羽毛穿过枝叶时平滑的气流声以及鸟喙在捕捉叶下藏匿的虫豸时敲击枝干的动静。

流鹊山之所以叫流鹊山，委实不负此名。

青衣人随口问道："问出来什么了吗？"

朱衣人摇了摇头，说："各种手段都用了，不似作假，倒像是真的失心疯。已点了他的穴道，现在已经睡过去了。"

青衣人点了点头，继续用手指以一种奇妙而又规律的方式轻微地拨动着手中的缰绳，好像没有什么事情比五指间的微境更重要的了。朱衣人开口道："紫衣又不知道去哪里了。"

"他是暗杀大家，热衷藏匿身形，以他的角色来说，倒是不适合太过于抛头露面。"

"也不知道会主一个人出关赴边塞，会不会有什么危险。"朱衣人有些担忧。

青衣人微微一笑，说道："瞎操心。你我都是会主培养出来的，会主的能耐和手段你我都心知肚明。这世上还有谁能为难得了他吗？而且此次北上，会主本身也背负着相爷的密令，有些事情，我们还是不要知道的好。"

朱衣人默然。与青衣人相比，他的性格更加热烈而赤诚，所以他很喜欢和青衣人在一起，因为他知道青衣人的圆润若水正是自己炽如烈火般性情的良配。他不但心挂会主，他还在想着应天府里的事。

"会主说，李相明面上调遣他离开京师，暗地里却安排了一个万无一失的人物守在身侧。是什么样的人物，能比会主本人更加稳妥呢？"

青衣人抬起头来，看着前方绵延数里的山道，悠悠地说："乱世之中，卧虎藏龙，又岂是你我可以轻易揣测的。"

关墨收剑。

鸠摩罗和白日依山尽还深陷在刚才那一剑所造成的切肤之感中无法自拔，竟一时没有作出任何反应。

关墨缓缓地走到轿子前，正色道："我本不是会介入你们官场纷争的人，这一点你应该很清楚。"

轿中人沉默了一会儿，开口道："清楚。"

"你派人找到我，邀我今天出手，是因为当年我欠了你一个人情。现在人情我已经还完了，也收了你五百金，银货两讫，我与你之间不再有任何关系。"

"有理。"

"告辞。"

关墨从地上端起木盆，对兀自神不守舍的鸠摩罗说："我想这两尾金鱼你们也没有兴趣养了，还是由我把它们带走吧。"

轿尾的白日依山尽身躯一震，从剑意的领悟中醒转了过来，他凝视着关墨远去的背影，喃喃自语道："剑如鱼，身如水，刺击中有鱼水圆转，方为上境。"

只听见关墨的声音远远地飘了过来："年轻人悟性不错，切记出剑从心，本无定——数——"

鸠摩罗对着轿子沉声说道："相爷，就这么让他走了吗？"

轿中人好像思忖了一会儿，淡淡地说道："没有人可以摆脱这趟浑水，即便是他也不行。就算我今后不再寻他，可那个人肯定也要找他麻烦的。"

出了玉门关，再往北行数百里，便进入了荒漠与草原的交界之地，这也是中原人口中的边塞。边塞一向纷乱，民族众多，无人管理，加上很多支在边塞流窜的游寇部队，整个边塞呈现出杂乱、凶险、无法无天的景象。

就在无人认为边塞可以有所作为的时候，一个神秘的教派在边塞崛起，不但统一了所有的流寇蛮勇，还肃清了为祸边塞游牧民族的马贼集团，成为了关外边塞最大的一股势力。元大都被攻占后，逐鹿帮三大长老带着亲信人马与乌鲁特决裂，自居庸关奔赴边塞，准备接手这股势力，在关外重整旗鼓。岂料三人联手都惨败于教主的惊世武学之下，教主更手刃了拒不投降的大长老，将余下的人员尽数收编。

至此，燕云教的威名才响彻了中原武林，江湖中人都知道了燕云教主燕胡桑的存在。作为燕云教的创立者，燕胡桑委实雄才伟略。他不仅与边荒各族谈判，将闲散势力纳入教内，更将燕云教的旗帜插进中原，布局之大，前所未有。

燕云教的教址选在荒漠与水草地的交融线上，教内一部分是土木砖石搭建的中原屋舍，一部分是分布在草原上一望无尽的牛皮大帐，抬眼望去，巍巍壮观。

在数不尽的大帐中心，有一个看上去比所有的牛皮大帐都要大上五倍的帐篷，帐篷里坐着三个人，在他们身周，站立着大约十五名面无表情的人，每个人的身体看似静止不动，凑近了看才能发现他们的身体都在保持着一种高速的抖动。

这是一个宗师级的高手才能做到的战备状态。

坐在大帐主座的中年男人举起手中的杯盏，笑道："左丘兄亲临，蓬荜生辉。杯中是边塞盛行的马乳酒，左丘兄莫要嫌弃了。"

坐在客位的黑衣人举杯一饮而尽，赞道："好酒，燕兄客气了。"

主座男子也饮了一口，笑道："左丘兄今日来，肯定有要事相告，胡桑愚钝，还请赐教。"

左丘飞鸿缓缓说道："不敢。今日到此求见，确实有两件事情商讨。一件公事，一件私事。"他放下杯盏，继续说道："先说公事。我受李相所托，特来拜见燕兄，是希望燕兄可以认清局势，弃暗投明。我们已经知道徐相曾派人与燕兄联络，邀贵教入主大都。李相向燕兄保证，只要燕兄推辞了徐相，京师之外，贵教可与我飞鸿会半分天下。"

"我若不答应呢？"燕胡桑颇有兴趣地问道。

"中原之内，寸步难行。"左丘飞鸿正视着燕胡桑的眼睛。

蓦然间大帐内旋风骤起，除了坐在燕胡桑下首的年轻人之外，十五个宗师级的高手拳掌皆出，居然都抵御不住这股沛然莫御的大势，身躯全被抛飞出去，撞在柔软却极富韧性的帐篷壁上。空气里涌动着波纹一般的暗劲，大帐方圆一里之内的草地居然泛起了湖水般的涟漪。

左丘飞鸿抬起了双手，手掠过发鬓，好像只是要整一整自己的仪容。暗流涌动的空气像失去了所有的生命一般颓然而静，草地平息下来，本来肥美的水草地在刹那间枯萎凋零，像经历了一场浩劫。

　　"死水微澜，委实名不虚传。"左丘飞鸿笑着对燕胡桑说道。他又转首看向燕胡桑身边坐着的那个一动未动的年轻人，满眼尽是激赏。"听闻燕胡桑之子燕笑我惊才绝艳，今日一见，果然不虚。"

　　燕胡桑双眼灼灼地盯着左丘飞鸿，淡淡地问道："公事已了，燕某自会考虑。不知左丘兄说的私事又是什么？"

第五章 武楼论剑

"诸位，圣上五百里加急密件已到，赐元大都新名为'北平'。今日之后，诸位皆要改口，切忌沿用'元大都'此等称谓了。"

元皇宫大明殿庭院内的武楼正中，摆放着一张宽大的太师椅，椅身由金丝楠木制成，椅上铺着一张硕大的虎皮，一个中年军伍男子身穿战甲，正襟危坐在太师椅上，手里拿着急件文书，对着身边环绕站立的一众军士朗朗说道。

他身边有另外两张椅子，坐着两个看上去不似出身军旅的人物。这两人在中年男人说话的时候神态自若，也并不随其他人等躬身领命。

中年男人询问了一下城防、工事、粮草、百姓等事务后，令一众军士退出武楼，转头向坐在他左侧的一个灰衣男子笑道："南诗先生近日来在北平可还习惯？"

灰衣男子略一颔首，应道："多谢徐大将军关心。南诗这两日醉心于大明殿与延春阁内的波斯壁画，正细细临摹抄录，准备带回蜀中慢慢赏玩。"

徐大将军笑道："南诗先生平生最爱诗、书、画，我也有所耳闻，未曾想竟痴迷至此。恰巧文楼内还有一些当初东瀛和高丽献给元顺帝的书画，徐某就做主转赠于南诗先生，以便观摩吧。"

灰衣男子这才面露喜色，拱手道："却之不恭。"

徐大将军点了点头，又看着坐在下首的另一位白衣文士，和颜悦色地说道："客幽，听说你在应天府安排的那场刺杀失败了？"

白衣文士微微皱眉，沉声应道："是失败了。"

　　"我听说你安排的'刻舟求剑'号称是南武林最强双剑，二人联手，未逢一败。不知为何就那样被一剑断体，难道是计划有什么疏漏之处吗？"

　　徐大将军的脸依然是笑盈盈的，就好像现在说的事情只是一场茶余饭后十分令人开心的笑谈。而白衣文士的额头却隐隐有冷汗渗出，面色煞白，比他穿的衣服还要白。

　　"你跟我说只要左丘飞鸿和他麾下青山、朱颜离开应天府，不守在老匹夫李善长身边，你便有十足的把握完成这次行动。为了配合你的安排，我特意在乌鲁特的车里安置了货物，并且修书一封八百里加急送给李老匹夫，让他差遣左丘飞鸿和朱颜、青山出城阻截。我心中期待的可是收到李老匹夫暴死长街的消息。可现在李老匹夫还在京师活蹦乱跳，而你跟我保证的'万无一失'的人物却身首异处，请问，"徐大将军笑得越来越开心，语气也越来越温和，整张脸笑得就快要成一朵盛开的牡丹花了，"你在整件事情的预估上是不是出现了一些小小的瑕疵呢，客幽？"

　　白衣文士猛地站起，面色阵红阵白，双手紧握，全身骨节"咔咔"作响。他往后退了两步，双手抱拳，低首说道："客幽办事不力，请徐相责罚。"

　　一直没有什么表情的灰衣男子突然开口："陈刻舟、张求剑，确实是当今南武林剑术最强的二人了。李善长身边除了左丘飞鸿，确实没有什么人物可以挡得住他们。"

　　徐大将军转过头来，笑盈盈地看着他，没有说话。

　　灰衣男子继续说道："谁也不会料到关墨会在那一晚出现，更不会想到李善长可以请得动他出手。在关墨的'断空'之下，再去两个'刻舟求剑'都未必能派的上什么用场。刘兄的安排虽然不见得能算得上'万无一失'，但总的说来，也算是一次比较成功的谋划了。此次暗杀虽然失败了，但徐大将军一定可以看出，李善长已经识破了徐大将军的计划，他只是将计就计，派左丘飞鸿出城说不定还有一些别的图谋。"

　　"暗杀的成功率，并没有徐大将军想得那么高，"灰衣男子眼神空漠地望着不知存在于何处的空间，淡淡地说道，"我蜀中唐门每年组织的暗杀不下一百次，可以成功而返的绝不会超过二十人。大部分的暗杀与行刺都以失败和打草惊蛇收场，那些号称从不失手的暗杀者要么是经历尚浅，要么则是自抬身价。南诗任唐门家主之前，参与暗杀行动不下二十次，大多失败而返，没有身首异处已是万幸了。所以，徐大将军可以不用过于苛责刘兄，至少此次失败让大将军对李善长的心计手段又有了重估，也算是颇有收获了。"

　　徐大将军收敛了笑容，回复到初始一脸正气的样子，点头叹道："南诗先生委实通透，有理有据，娓娓道来，不禁令徐某信服。"

　　他转过脸来看着刘客幽，缓缓说道："诚如南诗先生所言，谁也没有料到关墨会出手相助李老匹夫，在这一点上，徐某也疏忽了。不过此次可以窥探到李老匹夫已经对我心怀戒心，不得不说是另一种成功。既然双方已经心知肚明，等于私下已经撕破了脸，那等我回朝与他相见之后，局面一定会更有趣了，哈哈哈哈！"

　　刘客幽低首应道："多谢徐相开恩！"又转过身去对着唐南诗一鞠躬："多谢南诗先生。"

　　徐相大手一挥，说道："客幽请坐。"他罕见地皱起了眉头，有些凝重地说道："这关墨确实是一大障碍。虽说他不可能每天都守在李老匹夫身边，可在紧要关头若是再次出现，岂不又要坏了大事！二位可有什么好的办法吗？"

　　唐南诗说道："当世能与关墨一战者，也不是没有。左丘飞鸿便是一人，只是他早已为李善长所用。我唐门第一高手唐白木也是一人，只是他生性淡漠，又是我宗族长兄，我虽身为家主，但其实也差遣不动他。"

　　他顿了一下，看了眼身旁的刘客幽，继续说道："江南迟家的迟重彻武功极高，只是这人生性倔傲，身为三大世家之首，不会听命于朝廷。远在边塞的燕云教教主燕胡桑不弱于迟重彻和左丘飞鸿，可他野心极盛，眼高于顶，不会甘愿成为棋子。

所以，"唐南诗伸出了左手食指，向天而立，缓缓说道："唯一可以启用的，便是西湖蓝家的新近宗师蓝玄镜了。此子练成蓝家数代以来无人练成的'玄瞳镜剑'，剑术之高，已可与关墨一论短长。蓝家虽在杭州独大，但左被苏州的江南三大世家压制，右有京师的飞鸿会震慑，一直无法放开手脚拓展自己的势力。徐相若肯亲睐蓝家，给予蓝家背后的支持，想来蓝家也愿意为徐相效犬马之劳。"

徐相认真地盯着唐南诗，语重心长地说道："南诗先生毕竟是南诗先生。"

第六章 一颓而成道

"爹，为何不留下他？"

边塞草原的中心大帐之内，燕笑我不解地问燕胡桑。

燕胡桑转动着手里的酒杯，将杯中的马乳酒仰头饮下，缓缓说道："你觉得你我父子二人联手，便能留得住他么？"

"爹先前与他交手一招，虽未占优势，但亦未落下风，依笑我来看，爹与左丘飞鸿的武功应在伯仲之间。再加上笑我从旁协助，取下左丘飞鸿当非难事。"燕笑我信心满满地说道。

燕胡桑静静地看着燕笑我，突然飞身而起，刚才还坐在身下的椅榻颓然破碎，他也没有搭理燕笑我，只是从大帐里掠了出去。燕笑我紧随其后，就在二人刚刚站稳脚步的时候，身后硕大无朋的牛皮大帐发出了一幢年久失修的残旧老屋开始垮塌时才能发出的声音。二人看着曾经矗立在草原中心宛若神殿的牛皮大帐像一株枯萎的植物一般腐烂、锈蚀、消亡，在帐外刺骨的寒风中融入地面，与经历了一场浩劫的水草地一起遁入泯灭。

注意到动静的教众们都涌了过来，看着这形似神迹的一幕，有些人甚至都忍不住跪在地上开始祈祷。边塞游牧民族众多，信仰繁杂，燕云教里就盛行着好几种草原上的信仰。有些人笃信这是邪神作法，有些人却说这是草原真神降临，一时间吵嚷声和祈祷声不绝于耳。

燕胡桑唤来教内祭司，让他传话下去，说这是草原真神降临大帐，面授机宜于燕云教，真神走时带走了一方水土和大帐，好在那里作个标记。祭司领着一众还在胆颤心惊的教内信徒们离开了，燕胡桑这时才转身看着燕笑我，淡淡地说道："笑我，你现在还有什么想说的吗？"

燕笑我长叹一声，回道："是孩儿小看了左丘飞鸿。"

燕胡桑点了点头，眼神悠深地看着燕笑我身后的草原和极远处若隐若现的雪山，娓娓说道："武学一途，至极精妙处便为道。身为武者，便是以自己的身躯四肢为媒，在天地之道里著书立说。只是这一门学问与诗词、丹青、鉴古、石刻、音律等都大不相同，因为它无需借助身外之物，而仅是以血肉发肤在寓意深远的肢体动作中获得通明与除碍。"

燕胡桑看燕笑我的表情有些疑惑，微微一笑，一掌击出，轻轻地贴在燕笑我的左肩之上，说道："武者的每一个动作都暗含天地至理，只是这道理非文字、图像、音律可以传达。这是一种只能依靠自身感知而通晓的道理。力如何在四肢聚集，又如何通过动作延展；气如何在体内行走，又如何通过吐纳往复。武者与武者交手，便是对彼此通过肢体感悟到的'武理'进行论辩与应证。而且在论辩过程之中，武者不但交换的是肢体之间的触碰直感，其实更多的是以'武'的形式在探寻最符合'道'之一说的力与气协作而成的动作表达。"

燕笑我双目一亮，仿佛有所心得。

燕胡桑收回手掌，转过头看着已经完全腐烂在枯萎的草地里的牛皮大帐，继续说道："武者修到极精深处，便会有自己的道。当今武林，真正算得上进入'道境'的人并不多。首屈一指的当是天下第一剑客关墨。一剑出鞘，无物不断，不但能斩断外物，亦可内斩心魔。为父当年曾在中原有幸目睹关墨出剑，委实无对无敌，此等境界，恐怕已至其道之巅峰了。"

燕笑我默然不语。

"左丘飞鸿算是另一个令我惊叹之人。今日交手，我'死水微澜'未留情面，便是想看看他究竟如何。果然名不虚传，飞鸿会能够在京师崛起并且得到李善长重用，与其之才关系重大。久闻左丘飞鸿精研道经，于老聃名句'道生一，一生二，二生三，三生万物'中悟出武学至理，倒行逆施，主修'万物颓而三，三颓而二，二颓而一，一颓而成道'，此等惊世骇俗的武道简直闻所未闻。笑我，今日就算你我联手，依为父之见，也未必能留得住他。"

燕笑我沉吟良久，沉声说道："爹说的是，孩儿轻狂，小视了天下英雄。"

燕胡桑拍了拍燕笑我的肩膀，展颜笑道："你也不用丧气，左丘飞鸿这一击虽然声势惊人，但为父与其放手一搏，也未知鹿死谁手。我燕家的'死水微澜'玄妙绝伦，并不弱于任何一门武学。你将来修习，也要将重点落在由'死境'突转'澜态'的道理之上。"

燕笑我说道："孩儿知道了。我也要有我的道。"

"不错，"燕胡桑称赞道，"以你之天资，相信会比为父更早找到自己的道。另外一点，我没和你说的是，左丘飞鸿并不是一人前来。"

燕笑我身躯一震，疑道："难道他有埋伏？"

燕胡桑摇摇头，说道："应当是一个精擅暗杀与潜伏的高手。当我与左丘飞鸿交手之时，他有一瞬间杀气外泄，为我捕捉到，在左丘飞鸿离开后又消失无踪。所以即便你我联手，左丘飞鸿也不会独自应对。毕竟是京师枭雄，计划之周密，安排之妥当，非寻常人物可比。笑我，将来我们要在中原插旗，还是应结交、联盟为主，树敌之举，实乃不智。"

燕笑我说道："所以，爹会帮他完成他那件私事的请求吗？"

燕胡桑眼里有虎豹之气："是的，我们父子俩也要计划一下，在这几日内启程，入关中原，去一趟江南。"

第七章 剑入月影 如乱指弹弦

"西湖秋月"呈琥珀色，味香甘醇，余韵绕舌，是西湖边长笑楼的当家名酒。长笑楼的老板裴长笑是做厨师出身，伊始只是在西湖边搭了一个简易的小竹棚，以湖水里的草鱼、白虾为 的竹棚生意愈发做得好，名声传了出去，被蓝若寺听闻，一日晌午，蓝若寺便带着年轻的蓝玄镜踱到西湖边的"长笑竹棚"，意欲尝一尝在杭州府已小有名气的裴老板的厨艺。

二人到时，裴长笑正在竹棚外简易的案板上处理草鱼。草鱼从湖里打捞上来，先用刀刮去鱼鳞，然后剖开鱼腹，掏出内脏和鱼籽鱼泡，血污鱼身却并不以湖水清洗，而是用一块白布擦拭干净后，便下锅，滚油煎熟，加水加糖加醋高火熬煮，收汁后出锅装盘，末了在鱼身上撒一把新鲜桂花，鲜香扑鼻，令蓝家父子二人不禁食指大动。

蓝若寺遂点了西湖醋鱼和龙井虾仁这两道菜，父子二人举筷后赞叹不已。裴长笑的龙井虾仁也有其独到之处，他将虾仁与龙井茶叶放在一起小火慢煮，待虾仁转色后捞出，下油锅快速翻炒入盐味，出锅装盘后再浇上薄薄一层龙井茶汤，茶味与虾仁的鲜美圆润平和，确实是杭州府内之前没有的做法。

蓝若寺问蓝玄镜，觉得这家店掌厨匠心如何。蓝玄镜略一沉吟，说桂花如神来一笔，茶汤似釜底抽薪。蓝若寺抚掌大笑，第二天便差遣府内管家来找到裴长笑，说要在西湖边打造一座"长笑楼"，请裴长笑担任掌柜兼大厨。

蓝家虽然垄断了杭州府内的蚕丝、织造、制陶、瓷器、典当、押运等产业，但在酒楼餐饮一行却毫无建树。从苏州来的"得月楼"、"采芝斋"，"松鹤楼"基本占据了杭州府酒楼食肆的半壁江山，外来客商、官员、学子来到此地，也只知得月楼的松鼠鳜鱼、响油鳝糊、木耳烤麸，却不知杭州知味观里的虾爆鳝和酱鸭。

蓝若寺在杭州府经营蓝家生意这么多年，深觉餐饮生意被外阜人夺去有些不甘。而裴长笑的出现正好是天时地利人和，他略一琢磨，便联络了杭州府衙的关系，拿下了西湖边断桥斜对面的那块地，大兴土木，建造了结构两层的长笑楼。

裴长笑一朝得意，却并不敢怠慢，他深知西湖蓝家在杭州府的地位，自己的身家性命，俱在蓝若寺挥手之间。他除了亲自研制长笑楼所有的菜式之外，还自己酿酒，吸取南北黄酒工艺之精华，以糯米、大米、灵隐山泉水、陈伏麦曲为原料，经蒸煮后晾晒、落缸发酵、开耙后灌入酒坛进行二次发酵后成酒。裴长笑酿造出的黄酒清亮透明，色泽瑰丽，气味馥郁，入口甜香淡雅，过喉后有淡淡的茉莉花和参甘回味。裴长笑亲自拎着此酒至蓝府，交给蓝若寺品尝，蓝若寺饮后惊叹果真没有找错了人，并将酒分给蓝玄镜和蓝家诸兄弟品评。

蓝玄镜喝完一碗之后，回味良久，问裴长笑此酒何名。裴长笑回道酒尚无取名，还请东家赐名。蓝玄镜举目四望，瞥见府中屏风之上正是"酒老观月图"，心中一动，便替酒取名为"西湖秋月"。蓝家众人也觉得甚好，裴长笑回去后在酒楼里主供此酒，一时间杭州府内无人不知长笑楼出了一款绝世好酒"西湖秋月"，甚至有外阜的客商、才人慕名而来，只为一尝此酒。

长笑楼的生意越来越好，蓝若寺将酒楼生意全权交给蓝玄镜打理，自己则主要处理原先的产业。虽然蓝家在杭州府根深蒂固，但织造和制陶、瓷器、押运生意向来竞争激烈，且牵扯到帮派势力较多，时常兵刃相见。加上洪武建都应天，京师第一大帮飞鸿会的势力也渗入苏杭，和江南三大世家以及西湖蓝家抢夺织造、漕运等命脉生意，屡有冲突发生。

蓝若寺心里知道若要硬拼，飞鸿会背后有中书左丞相李善长撑腰，即便杭州府尹与自己交好，也难抵中枢内阁一纸公文压身。再论武力，飞鸿会号称有飞鸿七门，朱白黄绿青蓝紫，每一门都有门主坐镇。侵入杭州府的仅仅是绿门门下一个分支，便已令蓝家疲于应付，若撕破了脸大打出手，七门齐至，估计蓝家只有挨打的份儿。

更何况七门之上还有一个高深莫测的左丘飞鸿。

唯一令蓝若寺欣慰的是，自己的独生亲儿蓝玄镜顿悟了蓝家数代以来无人练成的至高剑术"玄瞳镜剑"，剑意破体，整个人宛若脱胎换骨一般。蓝家世代练剑，蓝若寺自己包括族内兄弟子侄都是剑术名家，平日里一剑在手，风姿卓越，可自从蓝玄镜悟道之后，他们在蓝玄镜身边都仿佛自惭形秽，自觉卑贱。

蓝若寺知道这是剑意上的高低悬殊，是剑客之间在剑道气质上的分水岭。他在蓝玄镜幼时为他取名"玄镜"，便意在希望他领悟剑心。他将酒楼生意交给蓝玄镜，意在让蓝玄镜扩展"长笑楼"的生意，将来凭借垄断杭州府酒楼行业的功绩，接掌蓝家家主之位也是名正言顺。

如果不是发生了那样一件事，这一切都将非常完美、顺畅地运行下去。在蓝若寺的谋划中，其子蓝玄镜继位家主，以通玄剑意将蓝家发扬光大，不但自身可以与关墨、左丘飞鸿等人并肩，日后蓝家也可以与飞鸿会乃至唐门一较短长。

这是一个非常理想、美好、独断的憧憬，蓝若寺有时候在府中想到妙处，禁不住会抚髯偷笑，吓得一旁伺候他喝茶的侍女蓝姣施给他倒完茶后赶忙拎着他的鸟笼子跑到后花园里，把老爷的怪相偷偷说与内房夫人身边的丫鬟听。

如果不是发生了那样一件事的话。

事发之后，蓝若寺恍若魔障，兴奋之余在长笑楼摆了三桌酒宴，邀请蓝家宗族里的主要人物共饮。蓝玄镜坐在主桌一言不发，只是唤来裴长笑，让他用蓝边大海碗斟满"西湖秋月"，自己一筷不食，只是仰脖豪饮。

酒过三碗，裴长笑小声劝他缓缓，蓝玄镜面无血色，只是指指空碗，让他倒酒。蓝若寺这才发觉自己儿子的情绪与自己所想完全南辕北辙，细想之下才觉得自己有些忘形，不禁生了愧意。

　　蓝玄镜连饮十碗"西湖秋月"，长身而起，当晚斜月空挂，西湖边秋意正浓。蓝玄镜在宗族家人的注目下推开二楼的木窗，一跃而下，腰间是铸剑大师长孙增荣新近为他铸造而成的玄剑——"法眼"。

　　蓝玄镜在西湖边的月光下长剑出鞘，剑光刺入月影，如乱指弹弦。蓝家人眼前一花，突然发现斜月印湖，在湖水里化成千个，不知是蓝玄镜的"法眼"刺碎了湖水，还是如镜像万法一般的剑术分裂了秋月。

　　"法眼"在秋日夜晚的水气中凄情归鞘，蓝家人还迷乱在眼前千月印湖的奇景之时，蓝玄镜的身影已经隐没在断桥之上。

　　是夜，蓝若寺半夜惊醒，听到东首蓝玄镜的睡房内传来痛不欲生的嚎哭之声。

第八章 市井朝堂一扇门

唐南诗站在元皇宫外的护城河边，盯着远处的长空碎云，默默出神。北平的秋天冷得很快，护城河岸的柳树已经全部枯黄，平日里风也很大，只是今天有些反常。一夜劲风吹过，到了早晨竟然停了，本来无云的天空布满了被风吹碎的绵云，日光透过细碎的缝隙泄漏下来，有一种玲珑剔透的神韵之美。

河道两岸的青石官道上因为经常有马车通过和卫兵巡视，故青灰色的方砖之上留下了浅浅的车辙和长戟尾端敲击的痕迹。北平秋季雨少，古老的河道已渐渐干涸，只有一抹细细的涓流在河床上蜿蜒流淌。河道两壁裸露在清晨的雾气与晓光之中，可以清晰地看见墨绿的苔痕和附着的泥沙，整幅景象里含带着不言自明的沧桑味道。

唐南诗的目光没有随着光线游移，仍然只是出神似的盯着远方天空的一角。蓦地，碎云之下仿佛出现了一个黑点，黑点逐渐扩大，形成了一个轮廓，在天空中快速移动。大约四分之一炷香的工夫，一只灰色的信鸽从空中俯冲而下，不偏不倚地落在了唐南诗伸出的右手之中。

唐南诗摘下信鸽脚爪上绑住的木筒，抬手放飞了鸽子。木筒里有一卷纸条，他捻开纸条，细细地读了一遍，将纸条塞进袖笼，转过身来，看见一身白衣的刘客幽已在他身后三丈开外站定了下来。

"客幽有何指教？"唐南诗淡淡地问道。

"不敢。徐相吩咐我来请南诗先生，方便时可以去文楼里挑一挑高丽国与东瀛进贡的字画，顺便一观文楼里收藏的突厥异宝。"

“知道了。我随后就去。”

刘客幽微一欠身，踌躇了一下，还是说道：“多谢南诗先生前日在徐相面前为客幽求情，客幽感激不尽。”

唐南诗说道：“客幽不必谢我，我也并没有为你求情，实话实说而已。能请动‘刻舟求剑’出手已是一场刺杀行动的最高规格，虽然对于徐相来说没有达到他想要的目的，但也不能就此否定这场刺杀的精心布置。我是一个江湖人，深知江湖事之无常，客幽虽然现在已经常伴徐相身边，但毕竟曾经也是一个江湖人。”

他微微眯起了眼睛，说道：“一个非常有名的江湖人，客幽当年名动武林的时候，他飞鸿会都还默默无闻呢。”

刘客幽急忙回道：“南诗先生过誉了，客幽徒有虚名而已，岂能入得了南诗先生法眼。”

唐南诗轻轻叹了一口气，指着不远处的元皇宫城墙，略带感慨地说道：“一朝天子一朝臣，我们江湖人也不能幸免。蒙古人统治时期，唐门也没少和蒙古人打交道，毕竟一个门派的存活要比一任朝廷困难得多。唐门虽然在蜀中盘踞多年，但川地多山，物资匮乏，百姓贫困。如若不是我祖父一辈开始对外大量贩售暗器、机簧、毒药以及输送唐门精英好手为官府及富商做护卫谋取报偿，我唐门也不会发展成为现如今天下第一门的规模及地位。现在唐家的城墙已经垒起来了，却很快又要被推倒，辛苦积累的基业如儿戏一般，委实令人叹息。”

刘客幽看着他手指方向的皇宫城墙，静默不语的坚硬石壁上有岁月雕琢的斑驳，没有人会想到这样看上去会存在五十年、一百年的伟岸建造可以在转眼间毁于一旦。他心里也有些感触，开口说道：“南诗先生也不用太过担心，徐相爱才，对唐门也是礼敬有加，经常在我面前提说要重用唐门。今次请南诗先生来北平，并邀为客卿，已说明将先生与唐门看作自己人了。”

唐南诗收回手指，冷冷地看着刘客幽，说道：“我担心的并不是徐相不会用我唐门，而是皇权更迭，权力倾轧，这是每朝每代都不可避免的事情。如今两相相争，必有一伤，无论是唐门还是飞鸿会，亦或是有可能被牵扯进来的江南三大世家或燕云教，都只是这场权谋之争的一枚棋子罢了。盛势用之，劣势弃之，再寻常不过。你虽然在徐相身边，但你也非官府朝廷之人，某日行差踏错一步，后果也难以预料。客幽这还看不破吗？"

刘客幽心中一凛，说道："南诗先生说的是，是客幽没想周全。"

唐南诗点了点头，远远地望着城墙后面大门之内的宏伟宫殿，有些唏嘘地说："再强大的帮派也不得不顺应着朝廷的走势见风使舵，否则轻者寸步难行，重者则会有杀身灭门之祸。门派不是个人，可以闲云野鹤，不问世事。门派永远是连接市井与朝堂的一扇门。依附于门派而存活的江湖人不可能无视时局、变数，也不可能依仗权势为非作歹，那些都是街头说书的下流匠人杜撰出来糊弄不识字的村乡土民的。民与官永远是门派要权衡的两个端点，也许在某一时刻某一个端点会更重要一些，但总会有那么一天，另一个端点会重新占据主导之势。"

刘客幽心里知道唐南诗所说句句属实，可他身为徐相的幕僚兼贴身班底首座，有些话也不便多说，只是站在一旁默然点头。

唐南诗略略停顿了一会儿，收拾了一下情绪，转头对刘客幽说道："我刚才已经接到了杭州府地头传来的消息，我们安插在西湖蓝家里的一个重要角色前几日不幸被识破了身份，死在了蓝若寺的剑下。蓝玄镜心丧若死，怕是会生出什么变化。所以，能不能启用蓝玄镜，就要靠刘兄和徐相的手段了。"

刘客幽微微一笑，说道："看来，小弟也有必要去杭州府讨教一下蓝玄镜的'玄瞳镜剑'和那柄号称玄妙的无常'法眼'了。"

第九章 长空流瀑桂花树

　　蓝玄镜醒来的时候，窗外正在下着小雨。雨滴打在厢房的屋瓦上，发出了雨本来应该有的声音。

　　他特别喜欢观雨、听雨、品雨。从十几岁开始，他便沉迷于在下雨时什么都不干，只是看着厚薄不一的雨帘，听雨击打在这人世间的声音。

　　在获得玄剑"法眼"之后不久，他曾在灵隐小西天附近的竹海之中与强敌对战。还未开始交手，天上便下起了小雨。他借雨势拔剑，在越来越密集的雨瀑中，敌人失去了眼观形势的能力，而他的玄瞳镜剑却是如鱼得水，是遮挡住视、听、闻的暴雨中那双清晰如镜的漆黑的眼。

　　强敌在那场雨中失去了自己的双眼，而蓝玄镜听着大雨击打在竹林间的声音，却觉得这不是真正的雨声。后来他又在浩瀚的森林里，无边的沙漠中，甚至是望不到尽头的大海上听过雨声，不过都令他十分失望。与其说那是雨声，倒不如说是森林、沙漠、沧海被雨击打时，发出的潜藏在其巨大的身体内的、深不可测的咆哮。

　　他从床上翻身坐起，一阵恍惚，醒觉到自己昨晚在长笑楼里喝了太多的"西湖秋月"。叫来侍女蓝姣施，让她去准备热水和浴桶，不一会儿蓝姣施就和另外几个丫鬟端来了硕大的木桶和几大盆开水。开水倒进木桶里，匀以少量冷水混合，蓝玄镜便脱去贴身衣物，坐进木桶之中，水的热力从脚底升起，经过小腿，至大腿根部，越过会阴、小腹、肋间，到达锁骨后旋转向上，经过面部五官，至太阳穴，最后汇聚到头顶百会穴，颓然四散，重新沿来时的路径回到足底。

　　如是几次之后，他昨天喝的"西湖秋月"的酒力，便渐渐从体内挥散在水中。一盏茶的工夫过去，水渐渐转凉，蓝玄镜的宿醉酒意已全部消散在水中，他从桶里起身出来，拿起蓝姣施事先准备好的浴巾擦拭身体，不禁又想到了就在不久之前，那双手会在自己沐浴之后，用白色的布巾为他擦干身上的水迹。

　　那时天气正好，长空如静止的流瀑，在八月桂花的香味里默默迁徙。他从未如此爱过一个女子，那个和他手挽着手坐在蓝家后花园里，在八月桂花时节互诉衷肠的曼妙女子几乎已成为了他此生无法遗忘的最美好的玉人。

　　蓝玄镜穿好衣物鞋袜，又叫来蓝姣施收拾水桶与换洗的衣物，自己则执起"法眼"，走出房门，来到了蓝若寺特意为他在睡房旁安置的一间书房。书房窗户未关，蓝玄镜走到窗边站定，窗外后花园里的香樟和鸡爪槭长得正好，偶尔可以看见七叶树和皂荚，时常有一些灰树鹊和伯劳来啄食应季的果子，到那时府里的下人便会用长长的竹竿驱赶，引得它们从一棵树跳转到另一棵树，直至觉得无处可以落脚，最终拍打翅膀漠然离去。

　　儿时的他最喜欢在父亲的书房里看府内宅院中的榆树和女贞。从书房精致典雅的平推式木窗看出去，窗外的树木便是这幅画纸上的墨形。他常常拿起书桌上父亲的关东兰竹狼毫，在早已铺就的龟纹五尺生宣上描摹窗外的树丛。

　　便有那么一日，过路来啄食他家枇杷树果子的一只发冠卷尾，不知因何原因，落在书房那盏红木画窗的窗棂上不愿离开。

　　他笔锋一转，开始临摹卷尾立于枝头的形态。发冠卷尾歪着头看他作画，在温润的阳光下羽毛是黑色的翡翠。在他刚刚完成最后一笔的时候，发冠卷尾"扑拉"一声飞入林中，从此之后便再也没有出现过。

　　那幅画后来在多年内都被其父蓝若寺赞赏，找十竹斋的大师傅以花绫精心装裱成挂轴后悬于府内正厅的侧墙之上。她被蓝玄镜带到府里来的时候，还特意问过这副画，他父亲还曾细细地向她描述过这幅画的精妙传神之处。

　　然而他父亲杀死她时并没有忌讳他，几乎是在他面前将她刺杀。他还记得她死去之时看着他的眼神，亮如明星的双眼逐渐失去了光彩，却不带一丝仇恨、怨愤、阴狠，只有深深的不舍、眷恋、和未来得及倾吐的爱意。

　　有那么一段时间，他睡着了就能看见那双眼睛，像不断在他眼前重演的真相。他无数次在梦里伸出手去，想去扶起那张失去生气的面容，抹开那双缓缓闭合的眼睛，可梦中的自己，总是无法触摸到那一场似真似幻的结局。

　　蓝玄镜在窗边站了很久，直到蓝姣施推开书房的门进来叫她，他才仿佛从一个失魂落魄的幻梦中惊醒。

　　蓝姣施说道："少爷，老爷让您去一下主厅，见一下当朝徐丞相身边的幕僚亲卫。"

　　蓝玄镜淡淡地问道："来的是刘客幽还是陆裁衣？"

　　蓝姣施想了想，回道："好像听老爷叫他陆世兄。"

　　蓝玄镜"嗯"了一声，说道："和老爷说我不在，他们要找我就来花港观鱼吧。"

　　蓝姣施忙说到："可是少爷……"话音未落，光影闪烁间，窗边已不见了蓝玄镜的身形。

　　蓝玄镜几个起落，已跃出蓝家宅院，身形如风，半盏茶工夫已来到苏堤南段。"花港观鱼"位于苏堤南段以西，在西里湖与小南湖之间的一块半岛上。南宋时有一条小溪从花家山经此流入西湖，这条小溪就叫花溪。当时，内侍官卢允升在花溪侧畔建了一座山野茅舍，称为"卢园"。园内架梁为舍，叠石为山，凿地为池，立埠为港，畜养异色鱼类，广植草木。因景色恬静，游人萃集，雅士题咏，故被世人称为"花港观鱼"。

　　心境烦乱之时，蓝玄镜便喜欢独自潜入到最深处的红鱼池边，静静观摩满池红色锦鲤在池水中翻转来去，怡然自得的妙态。蓝若寺也曾问过他为何有此一好，他回蓝若寺道："学剑之初，只知提剑斩、撩、刺、挡，以为苦练。剑术有成，方知疾风劲草，滴水石穿中皆蕴含大剑意，恍若大梦初醒，方见天日。然而，在悟得'玄瞳镜剑'之后，我才知剑意之根本，万法之初源。"

蓝若寺忍不住问他："何为剑意之根本，万法之初源？"

蓝玄镜从容说道："世间剑术名家只知风可以吹断枝叶，却看不见光阴如何斩断俗物；他们只知水流可以摧石销木，却不在意鹰翼如何破碎长空。世间万法本无定数，剑法亦然。剑可以断金切玉，如风如水，也可以柔肠百折，酥麻温婉。眼见之法非天地至法，世人所见所思所想往往作茧自缚。而鱼入水中游弋无定，如人间百态混乱无常。观鱼入剑，正是最好的运剑之思的习练。"

蓝若寺听后似有所悟，却又不知所悟为何物，不禁唏嘘不已，感慨自己天资有限。

蓝玄镜纵跃间已来到红鱼池旁，低首俯看水中的游鱼。心意落在鱼首和鱼尾之上，随着鱼儿的游移不断旋转跳动，稍顷之后，神思间只剩下无数个不规则跳跃的点和点与点之间不时变化的直线，身外一切犹如无物，蓝玄镜观鱼入定，剑意自动破体而出，环于身周。

就在这时，一个身穿白衣的中年文士无声无息地出现在红鱼池的另一侧，距离蓝玄镜大约五丈有余，不再靠近。

大概过了一炷香的时间，蓝玄镜长吸了一口气，如空山吸雨，从入定中回过神来，心意归体，这才发现自己对面静静地站着一个白衣文士。

他盯着白衣文士看了一会儿，开口说道："你好像不是陆裁衣。"

白衣文士微微一笑，拱了拱手，说道："陆兄正在贵府作客，与蓝家主商谈要事。我在贵府门外观赏桂花，突见先生跃墙而出，气度不凡，便一路跟着过来了。还望没有打扰到先生观鱼。"

蓝玄镜沉吟了一会儿，缓缓说道："我入定时剑意护体，如若有人进入身体五丈之内必会引发我全力出手的一剑。你能看得出来这一点已经非常了不起，又是和陆裁衣一同前来，想必就是那个人称只穿白衣的刘客幽了。"

刘客幽笑道："玄镜先生果然不凡，在下正是刘客幽。"

　　蓝玄镜说道："你的身上没有杀气，却有战意。想来刘兄是想在这花港之内与我切磋一下武技了。"

　　刘客幽双目灼灼，说道："刘某见玄镜先生剑意精纯，妙不可言，委实激起了争强好胜之心，不知玄镜先生可有意赐教？"

　　蓝玄镜淡淡地说道："这里适合观鱼，却并不适合交手，刀剑无眼，莫伤了这里的闲雅小境。我们不如移步苏堤再战。"

　　刘客幽说道："客随主便，先生先请。"

第十章 道与法

蓝玄镜微一颔首，便迈步向苏堤走去。刘客幽紧随其后，二人一前一后，以正常的步伐速度朝着苏堤的方向行进。

就在二人开始移步的同时，前来找他的蓝若寺和陆裁衣正巧也到了。蓝若寺正要出声招呼蓝玄镜，却被身旁的陆裁衣挥手拦下。

陆裁衣看着有些不解的蓝若寺，轻声说道："玄镜先生已开始入境，请蓝家主仔细看他的步法。"

蓝若寺转过头去，只见蓝玄镜怀抱"法眼"，双目微闭，每迈出一步全身都在作出细微的调整，从吐纳，到步伐的长短，肩与手臂的摇摆幅度，腰与腿的振动频率，全身上下每一块肌肉、骨骼都在与他自己的步法和呼吸相契合。

再看他身后的刘客幽，双目平视，全身自然放松，一步迈出时开始吸气，直到第十步时方才开始吐息，吐息十步后复又开始吸气，周而复始，循环往返。

陆裁衣小声说道："他们二位已进入战境，我们还是不要打扰他们了。跟在后面就是了。"

蓝若寺说道："可他们交手万一有个什么闪失……"

陆裁衣道："以刘兄和玄镜先生的境界，当可以点到即止。他们身上只有战意，没有杀气，蓝家主放心。"

蓝若寺默不作声，和陆裁衣跟在二人身后，走到了苏堤之上。

苏堤旧称苏公堤，是一条贯穿西湖南北的林荫大堤，长约五里。为北宋文人苏轼任杭州知府疏浚西湖时取湖泥和葑草堆筑而成。堤上有映波、锁澜、望山、压堤、东浦、跨虹六桥，古朴美观。苏东坡曾有诗云："我来钱塘拓湖绿，大堤士女争昌丰。六桥横绝天汉上，北山始与南屏通。"

时近深秋，苏堤两边的花木均已凋零，一眼望去只能看见幽深的西湖湖水被苏堤从中分开，置于两侧。走在最前面的蓝玄镜步子渐渐慢了下来，他已将调整至身体最圆融的状态。刘客幽的步子也慢了下来，一呼一吸之间已不超过三步的工夫，全身上下放松无比，如近自然。

陆裁衣突然小声说道："要停下来了。"

果然，他话音刚落，蓝玄镜已经停下了脚步，转过身来，正对着身后的刘客幽。二人之间相距大约两丈。刘客幽的呼吸在蓝玄镜转过身来的那一个刹那变得绵长、深邃，仿佛无呼无吸，又好像呼与吸之间已没有了界限。

蓝玄镜伸出左手，掌心向上，微微一凝，又收了回去，示意刘客幽先出手。

刘客幽没有推辞，右手入左手袖笼，伸出来时手里有一方砚台，他将砚台放在身前的地面上，砚台里竟然有不知深浅的幽墨。

一方砚如一口井，井水如墨，深不可测。

蓝若寺惊道"陆世兄，这难道就是刘世兄当年名震武林，号称不败四器中的的'端砚'与'徽墨'吗？"

陆裁衣面色凝重，点头回道："正是。只是从未听说过他在交手时一上来就祭出'端砚'与'徽墨'的，看来刘兄是有感玄镜先生的剑意强绝，不能留手了。"

蓝玄镜剑交左手，静静地看着刘客幽和他面前的那一方如井深砚，并未有任何的异动。他知道这一方砚只是开场，刘客幽还没有正式出手。

刘客幽伸出右手，作握剑状，悬于端砚正上方。一边观战的蓝若寺正在奇怪，蓦然间砚台里的徽墨一跃而起，墨化剑形，将刘客幽握剑手势的空隙全部填满。刘客幽手执这一柄徽墨长剑，跨空而来，瞬息间已来到蓝玄镜身前，一剑刺出，剑身幽黑玄亮，仿佛刺出的是一片永远看不见尽头的黑夜。

陆裁衣"哼"了一声，说道："砚井墨剑，嘿，刘兄真的是一出手就尽了全力了呢。"

蓝若寺想起多年前江湖传闻刘客幽一柄墨剑连败昆仑武当七大剑客，就连在黄河流域一剑无敌的"诗剑"艮阿都未能在剑法上胜他一筹，不禁有些替蓝玄镜担心起来。

剑光一闪，蓝玄镜"法眼"出鞘。

剑锋如眼。

蓝玄镜这一剑根本就没有朝着刘客幽手中墨剑的方向进行格挡，而是斜刺里一剑撩出，剑刃仿佛嵌入了时光与湖上秋风的缝隙里去，在移动的过程中若隐若现。

刘客幽的墨剑尚未触及到蓝玄镜的衣襟，便"啵"的一声，悄然碎裂，原本剑形的墨汁散落开来，未落到地面时已被身后的端砚吸了回去。刘客幽看也不看，手往后伸，人弹指间高高跃起，身后端砚里墨涌如柱，一柄化作剑形顷刻间归入刘客幽向后伸出的右手，另两柄从正面飞起，直入蓝玄镜空门大开的胸膛，而刘客幽在跃过蓝玄镜头顶时已然反身一剑刺出，直取蓝玄镜的后颈。

蓝玄镜身子一矮，头往左动，堪堪避过刘客幽从身后刺来的一剑，手中"法眼"轻突，又斜斜地挑了出去，切入墨剑与刘客幽之间的一片虚空之中，当胸袭来的两柄墨剑在"法眼"挑出之后又"啵啵"两声，散碎开来，被重新吸入端砚之中。刘客幽手执的墨剑未来得及归砚便化作丝丝墨汽尽皆蒸发干净。

陆裁衣不由得叹道："神乎其技！玄镜先生委实鬼斧神工！墨剑无体，本为流质，所有想要格挡墨剑的剑术宗师无一不败在刘兄手下。玄镜先生竟然先一步看穿了端砚与墨剑的勾连，剑入肌理，挑断二者之间的联系，此等剑法，简直闻所未闻！"

蓝若寺本来悬着的心也放了下来，微微一笑，说道："我蓝家的'玄瞳镜剑'震古烁今，岂是浪得虚名。"

刘客幽手中无剑，却并不慌张，一个大步跨出，拉开与蓝玄镜之间的距离，依旧气定神闲地负手而立。蓝玄镜也不追击，长剑归鞘，朗声说道："以刘兄的剑法，应可进入当世五大剑客之列。"

刘客幽淡淡地说道："玄镜先生谬赞了。先生的剑法方可算得上神妙通玄，客幽佩服。"

蓝玄镜伸出左手，手心向天，微微一凝，又收了回去。他竟然又要刘客幽先出手。

刘客幽依然没有推辞，他右手一抖，从袖笼里飞出一卷白纸，他捏住白纸一端，迎风一抖，白纸倏然展开，犹如白昼在他手中莫名延伸。刘客幽手执纸卷，一纸如刀，便向蓝玄镜当头砍去。苏堤两边的花木在弹指间轰然碎裂，分置于两侧的湖水竟然呈平面似地向下凹陷，随后巨浪掀起，往湖水两岸跌宕而去。这一记纸刀带起的刀风恍若鬼神，就连站在不远处观战的蓝若寺和陆裁衣都觉得这一刀携起了天地之威，心中暗暗惶惑。

陆裁衣不自禁地脱口而出："纸刀！宣纸成刀，无坚不摧！墨剑纸刀，刘兄不愧是以文入武道的第一人！"

蓝玄镜待纸刀袭至他头顶上方四寸处时反手拔剑。"法眼"出鞘，自下而上，剑光连闪，剑锋点在这一卷宣纸的末端、中部和纸首三点，速度之快宛如鬼魅。纸刀划过蓝玄镜眼前时分裂成三段，一段从蓝玄镜头顶划过，一段"铿锵"一声，斩入地面，落在蓝玄镜两脚之间。最后一段还留在刘客幽的手里，如一只展翅待舞的白鸽。

一边观战的蓝若寺正想对陆裁衣说些冠冕的话假客气一番的时候，突然瞥见刘客幽的手里无端的多出了一支笔。在蓝若寺的视线里，这支笔仿佛重若千金，压得他连气都喘不上来。

一旁的陆裁衣吐出胸中一口浊气，沉声说道："久已未见到刘兄施展出'湖笔'的绝艺了，今日一战，无论如何都会成为日后武林中的美谈。"

刘客幽一笔在手，蓝玄镜的神色也变得凝重了几分。墨剑与纸刀虽然犀利无比，声势惊人，但终归有迹可循，对他来说并没有什么太大的压力。然而刘客幽一祭出"湖笔"，却仿佛整个人与身下的西湖融为一体，不分彼此。

刘客幽深吸了一口气，身下的湖水猛的升起，水幕悬空而不落，环于二人身周，就连苏堤都不能阻拦水幕的闭合。

水幕将将围拢的那一个刹那，刘客幽身形突进，一笔点出，恍如荡开了一湖的秋水。

蓝玄镜感到笔端水势逼人，离自己尚远时已经压迫住了自己的呼吸，自己的敌人好像已经不是面前的刘客幽，而是这一整湖重逾十万斤的湖水。

有趣。蓝玄镜心中默念，右手拔剑，"法眼"一闪，竟刺入了他自己身周升起的水幕之中。剑如游鱼，在厚重的水幕里回转往复，倏然来去，剑锋如鱼首，剑柄如鱼尾，转瞬之间便在水幕之中旋起了数不清的剑意水点，水点不散，在水幕中越来越多，蓝玄镜腾身而起，脚尖点水，完全不顾刘客幽从身后袭来的湖笔，只是不断腾挪移转，将整个环形的水幕当作池水，而将手中玄剑"法眼"化作水中游鱼。如果说刘客幽是携湖而战，那么蓝玄镜便是没入这一片湖水之中的自在池鱼。

升起的水幕禁不住无数个漩涡的绞缠撕扯，终于"轰"的一声，颓然落下，发出了一记惊天动地的巨响。这时在一旁观战的蓝若寺和陆裁衣才看见重新从水幕当中出现的二人。

蓝玄镜鞋尖微湿，剑已入鞘，浑身上下没有什么水迹。刘客幽湖笔在手，全身湿透，看上去也并没有什么损伤。

刘客幽长吐了一口气，将湖笔纳入袖笼，拱手说道："玄镜先生的剑法，与客幽之前交手的所有剑术宗师都不相同。不仅仅是剑招与剑意的不同，好像连最根本的初源都大相径庭，只是客幽眼拙，看不出其中的端倪，还请玄镜先生赐教。"

蓝玄镜淡淡地说道："世人练武，只求入道。无论是刘兄以'笔墨纸砚'四大文器入武道，还是江南迟家迟重彻以'天下'、'江山'意入拳、指而跨入道境，殊途同归，皆以'入道'为尊。我蓝家'玄瞳镜剑'却另辟蹊径，不求入道，只求通法。老子《道德经》有云：人法地，地法天，天法道，道法自然。这贯穿其中的'法'便是我蓝玄镜修习的极诣。当今武林尊'以武入道'者多如牛毛，强如关墨和左丘飞鸿也不能免俗。真正'以武通法'的人，恐怕只有我蓝玄镜一人了。只是法无常法，法只是一个笼统的代称，其中之精微细密，不可言传。所以我和你说了这么多，等于一字未说，刘兄已入道途，在法之一脉也再难有寸进了。"

刘客幽一揖到地，正色说道："听而受教，闻先生语如见佛魔，客幽委实仰慕。"

蓝玄镜还未说话，只听见衣袂当风声，蓝若寺和陆裁衣已赶了过来。陆裁衣对刘客幽说道："刘兄这就罢手了吗？听闻你'笔墨纸砚'四器合璧方是最厉害的绝招，我还以为今日有幸可以得见呢。"

刘客幽摇了摇头，说道："没必要了，玄镜先生的剑法刘某已经了然于胸，何必再战。"

他转过身去看着蓝若寺，诚恳地问道："之前陆兄与蓝家主谈的条件，不知蓝家主可还满意否？如若不满意，我们还可以回去禀报徐相，有的商量。"

蓝若寺尚在踌躇，蓝玄镜在一旁突然开口："什么条件？"

第十一章 一盏茶的闲话

一辆硕大的、通体漆黑的、由八匹骏马拉着的马车，在一个深秋的午后，默默地进入了应天府。车头坐着一个青衣人，一手提着八匹马的缰绳，沉静如一尊玉佛。马车进入城门时没有受到任何阻拦盘查，守城的军士看到车头的青衣人，便都自觉地分站于城门两侧，目视着马车不疾不徐地驶上官道，朝着城里的方向行进。

青衣人驾驭着马匹穿过皇城前宽阔的马道，经过下马坊时没有下马，只是掏出怀中的手牌给守卫的军士看了一眼，便穿过下马坊，行至马标营处转向北面，沿着秦淮河支流——金川河河岸边的道路一路向北，一盏茶的工夫就来到了人烟密集的进香河岸。

应天府河道密集，排列成网，府中一部分居民居于河道两边的屋宅之中，出行时多以木船代步。进香河通往鸡笼山上的古鸡鸣寺，城中百姓多去那里上香拜佛，故河道两岸官道宽阔，有商贩在河道两边摆摊，贩卖烟香黄纸，糕点吃食。进香河中船只密布，有来来往往的百姓走河道水路进寺上香，进香河因此而得名。

马车沿河岸边宽阔的道路而行，几乎占据了整个官道。行至古鸡鸣寺脚下，马车突一斜转，往寺庙对面一条精心整理过的山道而上，沿路两边皆为飞檐雕梁，一眼望去密密麻麻无边无际。行至小山顶上，有一座深院大宅，门口牌匾上写着四个大字：飞鸿无定。

青衣人在门口勒停了马匹，一个朱衣人带着一个萎靡不振的男人从车身里出来，将他交给了出来迎接的手下人，二人便走进了宅院，经过一个九曲回廊，穿过一个天井，迎面便是这座宅院的主厅。

主厅门口站着一个一身白衣的年轻人，腰间悬着一柄乌鞘长剑，看见青衣人和朱衣人后便施了一礼，说道："青山兄、朱颜兄，白日依山尽已在此等候多时了。"

朱颜空自改说道："先不急着说话，待我喝一口茶再说不迟。"说着就径自跨进主厅，倒出桌子上的茶水喝了起来。

青山依旧在微微一笑，说道"你在此想必等的很心急了。我们没有特别加急赶路，所以可能比预计的晚了两天。李相那边还好吗？"

白日依山尽说道："会主与李相预测到的事情果然发生了，万幸的是李相安好。李相有些急了，他这两天要我午后一直在这里等着，好第一时间得到你们的消息。"

青山依旧在道："会主让你在李相身边守着，委实也是磨练你了。急也不急在这一盏茶的工夫了，我们进去边喝茶边说。"

朱颜空自改一口气喝了五杯茶，有些意犹未尽地说道："这茶好是好，只是存放的时间长了，没有刚采摘时候的清甜，会主他老人家空有好茶在手，也不及时喝，实在是暴殄了天物。"

他说完之后抬头看着白日依山尽，正色道："马车里的人什么也没问出来，一路上用尽了各种手段，我唯一能确定的是，他真的是一个得了失心疯的人。"

白日依山尽问道："真的没有别的办法了吗？"

青山依旧在啜了一口茶，缓缓说道："朱颜说没有了，那就是没有了。"

白日依山尽点了点头，叹道："李相本来指望我们可以从这个人嘴里问出点什么，或者确定他是北元皇族身份，这么一来，就能基本推断出徐达与北元皇室有一些私底下的交易，对于李相来说，便相当于抓住了对手的致命把柄，以后再细细搜集证据加以证实。根据叶家的战地情报，此次徐达北伐，在通州驻军七日，等待元顺帝带着卫队与皇室成员全部撤出后才攻进元大都，发报回来却说是苦攻七日方拿下大都，圣上龙颜大悦，还重重赏赐了徐达。如果在乌鲁特这件事情上能有突破，这一切事端都能得到完满的解释。”

朱颜空自改说道："徐达想杀李善长，必是随意安排了一个失心疯给乌鲁特，假称那是元顺帝的十二皇子，然后调开会主和我们，准备一击奏效。只是没想到刘客幽自己武功虽高，安排的刺杀看来却并不怎么中用啊。”

白日依山尽苦笑了一下，说道："朱颜兄，此次若不是李相找来了天下第一剑客关墨出手，小弟可能已经被陈刻舟和张求剑格杀于太平道了。”

朱颜空自改一惊，说道："南武林剑术最强的'刻舟求剑'么？嘿，好险，好险！关墨么，李善长怎么能请得动他？”

青山依旧在突然说道："看当时乌鲁特死前奋力守卫那个失心疯的样子，不似作伪。乌鲁特与北元朝廷关系密切，不应未见过十二皇子。如果真的只是一个随处找来的失心疯，乌鲁特也不会那样护着他。此事还是有些蹊跷。”

朱颜空自改点头称是，不禁若有所思起来。

"另外，"青山依旧在喝完了茶碗里的茶，有些严肃地说道："南武林剑术最强的称号，只怕早已不是'刻舟求剑'了吧。”

白日依山尽疑道："那是谁？”

青山依旧在放下茶碗，缓缓说道："今年初春，燕云教少主燕笑我带贴身死士突入应天，在府内搜集我会情报被绿门与黄门的探子发现，发生冲突，燕笑我武功精绝，绿门门主绿竹入幽径与黄门门主黄河入海流二人闻讯赶到，两人联手都取之不下，只能将其暂时困在头陀岭内。燕笑我麾下死士冒死沿绝壁逃生，去杭州府通知了西湖蓝家的蓝玄镜。”

朱颜空自改奇道："难道边塞燕家和西湖蓝家还有交情？这事我们怎么都不知道啊青山？”

青山依旧在拢了拢袖子，淡淡地说道："燕家与蓝家不但有交情，而且渊源颇深。蓝玄镜赶到后玄剑'法眼'出鞘，无人能敌，黄河与绿竹便飞鸽传信会主要求增援，会主那次只差了我去增援，且叮嘱我增援就好，莫决生死。我到了之后与黄河、绿竹合力挡住了蓝玄镜与燕笑我的攻势，他们也无心恋战，见好就收，撤离了头陀岭，随后就离开了应天府。那一战之后，我便认为蓝玄镜的剑法不但早已超越'刻舟求剑'成为了南武林最强，甚至隐隐然与关墨都有一较短长的势头。"

朱颜空自改听完怒道："好你个青山，到底还有多少事情瞒着我们，会主不告诉我们也就罢了，连你都不说，你还算不算兄弟？"

白日依山尽沉默了一会儿，问道；"青山兄的'皇青国气'小弟是见识过的，委实叹为观止。只是以青山兄'皇青国气'之瑰丽玄奇尚且不能留下蓝玄镜吗？"

青山依旧在没有理睬还在怒气冲冲向他发难的朱颜空自改，耸了耸肩，对白日依山尽说道："不是留不留得住他的问题。他若不是一心救人无心恋战，专心与我交手的话，我能不能活着回来才是问题。"

第十二章 世间万法 以手中剑书

"什么条件？"蓝玄镜双手环抱"法眼"，盯着刘客幽的眼睛问道。

"蓝家全体为徐相效力，听从徐相幕僚班底发出的火漆密令的调遣。对玄镜先生有特别的传令手段，等闲事务不会叨饶玄镜先生。作为回报，徐相会帮助蓝家接管杭州府所有的钱粮、漕运、盐运等关系百姓民生的重要生意，并延伸到宁波府、湖州府、绍兴府。蓝家近期与飞鸿会绿门在瓷器、制陶生意上的冲突，徐相会安排专人帮助解决。江南迟家与蓝家常年以来在织造生意上的纠纷和冲突，徐相也会派人出面调停，予蓝家最优的局面。玄镜先生觉得如何？"

刘客幽身上湿透的衣物，在说完话之后竟然几乎看不出什么水迹来了，蓝若寺心中暗暗称奇，想着这是何等的内力，可以在顷刻间便蒸干衣物上的水分。

蓝玄镜若有所思地说道："等闲事务不叨饶我，那什么是不等闲的事呢？"

刘客幽眼中精芒一闪，沉声说道："比如说，阻截天下第一剑客——'断空'关墨。"

听到"断空关墨"四字，蓝玄镜怀抱的玄剑"法眼"突然"敕嘟"一声，脱鞘而出，剑身一半露出鞘外。陆裁衣、蓝若寺、刘客幽三人在同时间感到身如明镜，世间万法如不灭道眼朗照自身，全身上下竟然有一种被无尽妙法尽皆窥探的无力之感。

蓝玄镜剑意如法眼，在一瞬间破体而出，将三人全部震慑当场，不敢有半分寸动。

蓝玄镜吸了一口气，复归于平静，"法眼"露出的剑身"敕嘟"一声重新入鞘。他看着刘客幽，缓缓说道："飞鸿会与我蓝家素有冲突，又得李善长重用，想来应是徐相的心腹大患。以后若有刺杀左丘飞鸿的机会，蓝玄镜义不容辞。江南迟家与我蓝家也多年不睦，迟重彻脾气硬倔，不肯听命于徐相，我早有耳闻，若要对付迟重彻，我也很有兴趣。至于关墨么，"他顿了一顿，继续说道："我早就想与他一较剑技，见识一下号称'无物不断'的名剑'断空'，也想看看长孙大师铸造的这两把惊世绝剑到底谁能更高一筹。"

"至于对付其他人的事情，"蓝玄镜不再看向刘客幽，而是转过头来，看着苏堤旁水波不兴的湖面，眼底仿佛有一圈圈的涟漪，"你们就和蓝家主商量吧。"

他没有喊蓝若寺"爹"，而是用了"蓝家主"这样的称谓，刘客幽和陆裁衣心中早有分数，没有吭声。蓝若寺苦笑了一下，说道："徐相给出的条件很好，蓝家自当知恩图报。二位请先回府上歇息，我们父子还有些事情要办，今晚我在西湖边长笑楼订了一桌酒席，晚些时候会去请二位过去。"

刘客幽与陆裁衣施了一礼，便离开了。苏堤之上只剩下蓝若寺与蓝玄镜二人。

蓝玄镜喟叹了一声，转头看向蓝若寺，幽幽说道："爹，为了蓝家，我愿意接受这样的条件。待蓝家清除了异己，巩固了生意之后，玄镜会离开蓝家，寻一处禅寺终老，不再涉足蓝家任何事务。玄镜此生之孝便到此为止，离开蓝家那日玄镜可与爹在长笑楼共饮'西湖秋月'同谋一醉。"

蓝若寺苦笑道："你这又何必？难道都是为了那个唐门的女人吗？"

"她不姓唐！她姓林！叫林棠！棠儿将一切都告诉了我，她已经准备背离唐门与我共度余生，即便会遭受唐门一生的追杀！而我，也已经准备好守护她一辈子。可你居然趁着她在看着我进入院门失神的那一个瞬间刺杀了她！我的手上现在都还有她伤口里流出来的鲜血的味道，我没有办法忘记她，也没有办法忘记杀了她的人是我自己的爹。"

蓝玄镜冷冷地看着蓝若寺，衣袍的腰带无风自舞。

蓝若寺良久无语，眼神里说不出是落寞、悔恨，还是痛苦、无奈。自己一直视若珍宝的独子、计划中未来蓝家的继承人、可以将蓝家带入巅峰的剑术奇才，今日不但说出要和自己、和蓝家划清界限，还矢志入禅堂了结余生。蓝若寺感到自己几十年来的抱负和期待尽数化作泡影，他站在安静得可以听见湖底鱼儿叹息的长堤上，从未觉得自己有如此苍老和孤独过。

蓝若寺的眼神几经变换，终于开口说道："玄镜，她毕竟是唐门派来的奸细，而且是唐南诗一脉直属，我们不能冒这个险。蓝家家门里绝对不能容许一个唐门的暗探渗入进来。"

"不要再说了！"蓝玄镜袍袖一拂，不让蓝若寺再说下去。

"玄镜，我已经老了。如果你日后真的要入禅寺，我们父子俩说话的机会就不多了。今日你就再听我说几句吧。"蓝若寺突然变得很衰老，很疲倦，像一个失去了所有希望和快乐的孤零零的老人。

"蓝家在杭州府崛起已有百年。从祖上蓝佑臣起打下的江山，一直到你高祖爷爷继承时，蓝家都是最辉煌的时期。蓝佑臣当年凭借'玄瞳镜剑'难遇敌手，在乱世之中奠定了局面。后蒙古人攻占中原，蓝家在动荡里依然不断壮大。蓝家有如今的规模和地位，这一百年来不知付出了多少血肉和生命的代价。我天资不高，蓝家在我手里日渐没落，而你是数十年来蓝家嫡系亲传之中天赋最高的人。爹一直将蓝家的希望寄托在你的身上啊玄镜，你怎么可以就这样轻言与蓝家断绝关系？你恨爹，爹不怪你，可你不能因为爹而抛弃整个蓝家，抛弃自己的祖宗！"

蓝玄镜蓦地转过身来，眼神里空漠得像有一团幽火。

"没有人生来就应该成为什么，或者背负什么，那都是旁人刻意为他添置的枷锁。你们都感叹皇权更迭，权力倾轧，你们都读经典，话乱世，你们都知道无论什么起义，改朝换代后庶民也依然可以成为昏君。可你们依然崇尚皇权、霸业，你们依然觉得人不应为人，而应是阶层、身份、地位赋予他的那个代号。继承皇位之人不擅长理朝政，而只倾心书画，你们就会说他昏庸无能，可有谁在意过一个醉心书画的人的真正选择么？一个数十年不出的天才诞生于一个世家，就注定要为这个世家牺牲他个人的喜好和妙悟而浑浊于世么？”

蓝玄镜吐出这些言语，像吐出冰冷而精巧的微雕。

“这一切都是那么荒谬、愚蠢、偏执。我蓝玄镜在成为一个蓝家人之前，首先要是我自己。我此生将会献给世间万法，并以手中玄剑将其书写。我的后半生要进入禅堂，将如山红尘断隔门外。这是我蓝玄镜作为自己的选择，不会受任何偏见、执念、没来由的责任所束缚。”

他盯着蓝若寺，非常冷静地说道：“我意已决，谁也改变不了。”

第十三章 我以一刀断山岭

吴弹笛在燕云教的职位并不高，只是燕胡桑身边的一个贴身近侍。然而燕胡桑每次出行或者参与帮派谈判的时候，都会将吴弹笛带在身边。后来燕笑我在应天府出事，被绿竹入幽径和黄河入海流困在头陀岭，幸亏蓝玄镜及时赶到助其脱困。燕笑我平安归来后，燕胡桑便将吴弹笛安置在燕笑我身侧，作为燕笑我的贴身护卫。

那日左丘飞鸿在燕云教中心牛皮大帐里与燕胡桑交手一招时，吴弹笛并不在场。他在帐外窥探到一个若隐若现的匿伏者的气息，并以无需目力的奇妙手段找到了那个潜藏在帐外的人，及时阻止了那个人配合左丘飞鸿出手。

那个人自始至终都没有露面，吴弹笛虽以精妙手法牵制住了他，但最终也只是在左丘飞鸿飘然离去的时候瞥见了他身后阳光下的一点紫意。

燕胡桑时常对燕笑我说，人各有才。要因才而用。有人天生有领袖气质，那么教内舵主、头目之位皆可安排。有人则乐于混迹于民，那么就适合给他安排打探、深入等角色身份。有人武道精深，德才又好，那么教内的供奉，长老便非他们莫属。

而燕胡桑对吴弹笛的评价却有些不同，燕笑我本来并不清楚为何自己的父亲会这么评价吴弹笛，但自从吴弹笛成为他的贴身近卫之后，燕笑我也不禁觉得燕胡桑的评价确实恰如其分。

燕胡桑是这么说的：吴弹笛是一个骄傲而又谦卑、心细如发却又鲁莽冲动、武功奇高然而并不擅长主动攻击的人。

自燕云教创立之日起，吴弹笛便已在教内担任燕胡桑的护卫。燕胡桑看人极准，将吴弹笛也是用到了极致。昔日逐鹿帮三大长老背叛乌鲁特，反出元大都，带着人马来到边塞与燕胡桑谈判。燕胡桑有意将他们纳为麾下，谁料三位长老却是想取而代之。言语不合后三个长老向燕胡桑发动了攻击，未曾想尽被吴弹笛一人接下。众人震惊之余燕胡桑出手杀死了大长老以儆效尤，剩余人等才全部归顺。

左丘飞鸿当日在大帐内向燕胡桑托付了私事，离开后不久，燕胡桑便招来了吴弹笛，将这件事情交给吴弹笛去办，自己则和燕笑我交代了一些教内的事务，不几日就入关南下了。

吴弹笛在接到这个任务的时候，来自草原深处雪山上的寒风还没有席卷边塞。他快速、仔细地部署了方案，第二日便安排教内的眼线深入牧民部族、流寇联盟、草原交易商会打探所有他需要的情报。

燕云教的眼线范围很广，基本渗透到了边塞草原的每一个势力和部族之中，就算是想调查乞儿篾人首领的第五房妻子早晨起来是先睁左眼还是右眼，暗探们都有办法在一个月的时间里搜集到所有与结果相关的情报。

吴弹笛给所有探子们的时间期限是五天。五天之后，大量的情报从整个边塞草原的角落里被传递出来，同时而来的还有万年雪山上吹来的寒风。吴弹笛在收到情报之后的一盏茶时间内便开始整理、筛选、精炼、再整理、再筛选、再精炼。两日之后，吴弹笛敲定了三条线索，于是开始收拾行装，穿上厚衣，此时草原上今年的第一场雪已经悄然而至了。

燕胡桑交代他，打探消息的事情可以交给眼线，可到了最终确认的时候，是需要他亲自去的。吴弹笛没有带任何人随行，独自在教内的马房里挑了一匹脚程快的马，便启程往雪山的方向去了。

他第一站是泸沁草原的商会，这个商会介于边塞与雪山之间，平日里人头攒动，牛马相依，主要是将牧人手里的牛羊马匹以低价购置过来，再转卖给一些从关内来的商户。商会由当地的几大势力共同掌控，生意做得很好，关内也快要入冬了，牛羊卖得比之前要多要快。

吴弹笛按照线索所说去查看了一下，确认不是后，调转马头就往回鹘人的聚集地奔去。回鹘人在边塞盘踞多年，势力不弱，燕云教崛起后，回鹘人几次试图阻挡燕云教的扩张，都被燕胡桑以雷霆手段击溃，从肥美的水草地和气温较高的区域撤离，重新在温度较低的雪山脚下集结。吴弹笛来到回鹘部族所在地的时候，一场大雪已经将他们营地帐篷外的地面尽数掩埋。

回鹘人的领地里与商会不同，基本没有汉人出没。吴弹笛将马留在他们的营地外一里处，自己潜入回鹘部族区域，迅速确认了线索有误，在退出时惊动了回鹘部族内坐镇的不世高手，他没有硬碰，只是在大雪盘营的天气里躲过了几柄铜锤的攻击，用微妙至极的手法摆脱了那个坐镇在部族营地深处的高手的气机锁定。回鹘人冲出营地，只看到雪地上一行浅浅的鞋印和悠然又落的雪花中一个马背上越来越远的身影。

吴弹笛在大雪中赶到流寇联盟总帐的时候，草原上已入了夜。流寇本来居无定所，只是自从数年前横行边塞的马贼流寇势力被燕云教瓦解后，一部分流寇加入了燕云教，另一部分则远走塞北，几乎在燕云教的势力范围里销声匿迹了。

燕云教的暗探重新寻找到并渗透入流寇联盟的时候，之前散乱的流寇势力竟然变成了一个有组织、有纪律的马背上的战力联盟。虽然他们依然没有固定的居所和领地，可是每隔一段时间他们都会在某一处地方设立总帐，供联盟盟主和军师幕僚商议要事。而据探子回报，这个流寇联盟的盟主却并不是原本的塞外人氏。

吴弹笛在泛着雪光的深夜里策马前行，只看得见总帐里有明亮的灯光，灯光在雪夜中不灭，是在等待他的到来，还是在等待这场大雪的终结？吴弹笛不知道答案。他在大帐外下马，没有人阻拦他，可能守卫的人也不堪寒冷，躲进温暖的帐篷里熟睡去了吧。

吴弹笛走向亮着灯火的总帐，掀开大帐双层的牛皮门帘，走进去，身后的大雪与寒冷就仿佛从不曾存在过一样。帐篷里有一盏油灯，油灯放在一个楠木案上，一个挽着发髻、须发灰白的男子手拿羊毫笔，正在对着面前的白纸暗暗出神。

吴弹笛慢慢地走到案前，看见男子正在伏案写联。只是对联只写出来上句，下一句却苦苦思索不出。男子抬起头来看见了吴弹笛，面露喜色，说道："快来，快来帮我想想下一句应该写什么！"

吴弹笛略一沉吟，接过男子手中的羊毫笔，挥笔顷刻间写就。灰发男子忙不迭地抢过纸来一看，哈哈大笑，说道："幸亏有你，写得好！要不是你，我这一夜恐怕都睡不着！哈哈哈，我以一刀断山岭，不笑弹笛吹古琴。委实是妙啊！妙到巅毫！当浮一大白！"

灰发男子说着居然从楠木案下的抽屉里拿出一个精致的酒盒，酒盒里不是边塞盛行的马乳酒，而是中原地区多见的糯米黄酒。灰发男子将酒分倒在酒盒里两个木碗之中，递给吴弹笛一碗，自己仰脖子就将碗中黄酒一饮而尽，用袖子擦了擦嘴，笑道："此酒名'画影'，我已珍藏多年，今夜大雪得'绝对'，喝了也值！再来一碗！"

吴弹笛喝了一口酒，淡淡地说道："晋中狂士，痴迷诗文，逢酒便欢，刀术如神，须发先白，放浪形骸。和那人提供的特征一模一样。未曾想制服了边塞流寇的神秘盟主，竟然就是当年在中原一刀倾城的刀道宗师岂子道了。"

岂子道放下手中的空碗，十分平静地说道："你在距离此地十五里的时候雪中吹笛，笛音虽弱，却凝聚不散，刺穿夜幕，刺入我的耳膜，刺得我大帐周围所有守卫全部晕倒，这不是一个普通的音武道武者可以达到的境界。所以隐于边塞的宗师又何止我岂子道一人，当年号称'弹笛吹琴，虚空碎尽'的二位音武道巨擘之一的吴弹笛又何尝不是今晚与我共饮之人呢？"

第十四章 鸡笼山下

一艘画舫，沿京杭大运河南下，日出时刚过扬州，不到半日，便沿着运河的支流进入秦淮水道，在应天府城外三十里的郊野随水流而下，往应天府里进香河方向驶去。

画舫的座舱里，坐着一位玄袍中年男子和一个一身紫衣的年轻人。二人面前是一张茶几，茶几上是刚泡好的茉莉龙珠。中年男子端起茶碗喝了一口，看着画舫外如烟水一般迷离的景色，张口唤道："紫衣。"

一身紫衣的年轻人连忙应道："会主。"

中年男子转过头来看了他一眼，说道："一路南下，你都一言不发，是有什么心事么？"

紫衣青年神色一肃，回道："紫衣在燕云教大帐外被人牵制，未能配合会主发动攻击，使得会主独自面对燕胡桑与燕笑我二人，实属失职。回来的路上紫衣一直心中有愧，不敢多言。还请会主责罚。"

这在画舫上走水路回归应天府的玄袍男子和紫衣青年，便是左丘飞鸿与紫衣挟刀斧了。

左丘飞鸿放下茶碗，微微笑道："何罪之有。燕胡桑本是一代枭雄，燕云教能在边塞奇迹般崛起，自是网罗了一众奇人异士。你虽被人牵制，未能出手，可也给了燕胡桑警觉，让他摸不透我此行身边的战力。不过以你'影隐法'的造诣居然能被人识破，也是出乎我意料之外了。"

　　紫衣挟刀斧说道："那人应该不是以肉眼发现的我，而是通过一些奇妙的声音。他手中有一支精巧竹笛，我见他一直以指弹笛孔，笛孔中隐隐有些许回音，居然就这般发现了我的存在，委实神乎其技。"

　　左丘飞鸿沉默了一会儿，缓缓说道"听你这番一说，应该是五年前以音律入武道，以手中一支竹笛连败唐门、青城、点苍数派高手，与谢吹琴合称'弹笛吹琴，虚空碎尽'中的吴弹笛了。"

　　紫衣挟刀斧道："紫衣对音武道略有耳闻，却不知其究竟，此次初遇，果然玄妙无方。"

　　左丘飞鸿剥开一枚松子放入口中，细细咀嚼了一会儿，继续说道："当年谢吹琴与吴弹笛以东海方子春嫡传门人自居，不但击败了一些门派名宿，还找到江南三大世家的南宫家，欲夺回'音武正宗'的名号。南宫家主南宫引一直盛传是俞伯牙的后人，精通音武，一首'伯牙绝弦'也是名震武林，被江湖人奉为'音武正宗'。南宫引与其长子南宫琴联手对敌谢吹琴与吴弹笛，不幸惨败，南宫引珍藏多年的古琴'焦尾'也在那一战中成了废器。只不过三大世家同气连枝，南宫引咽不下这口气，请出了迟家家主迟重彻为他出头。谢吹琴与吴弹笛随后应约在苏州虎丘与迟重彻一战，那一战名动江湖，据说有人专门做了记录，已将此战列为二十年间武林十大战役之九。"

　　"哗啦"一声，水面下有鱼跳出来，一个翻身，落入水面，又往水底深处潜下去了。画舫在下层船工的操作下向右拐了一个弯，进入了应天府的内城水脉。

　　紫衣挟刀斧问道："会主，这一战的结果如何？"

　　左丘飞鸿又慢悠悠地剥开一粒松子，放进嘴里嚼起来，左手端起茶碗徐徐地啜了一口，不急不忙地说道："迟重彻拳指双绝，武功之高，不仅冠绝江南，即便放眼天下，又有几个人可以与他一较短长。'弹笛吹琴'虽然惊才绝艳，但总是敌不过迟重彻道蕴自然的'指点江山'与'拳倾天下'。谢吹琴被当场震死，吴弹笛身负重伤，随后在中原武林就再也没有听闻过他的消息。没想到他也被燕胡桑收入麾下，隐于边塞了。"

紫衣挟刀斧听后默不作声，看上去是沉浸在当年那一战的诗音拳意之中了。

画舫又沿着内城河道行驶了约摸半个时辰，终于转入了进香河。守在鸡笼山下的飞鸿会弟子在看到画舫的同时已将讯息传递了回去，不到半盏茶的工夫，鸡笼山上飞鸿会总堂里的青山依旧在和朱颜空自改已得到了左丘飞鸿归来的消息。

画舫靠岸而停，左丘飞鸿独自从船头走上岸边，紫衣挟刀斧已经不在身后的画舫座舱之中。左丘飞鸿对这段路太熟悉不过了，从岸边沿着进香河上行，百步之内便已经走到古鸡鸣寺下，对面一条山道往上，走到鸡笼山顶便是他自己的居所。

他当初和李善长开口要下了这一块山地，便是因为喜欢这一带的景致。鸡笼山虽然不高，但地势蜿蜒，易守难攻。在山顶处可以俯瞰古鸡鸣寺的塔顶和山后自孙权时期就已经存在的后湖。春秋两季，是应天府景色最好的时候。古鸡鸣寺里有红男绿女，香烟不绝；后湖湖畔植被繁多，入秋后成片的枫叶林更是映入眼底的绝美之色。

左丘飞鸿沿着山道缓步而上，路过了山下的"赤子亭"、"莲湖小筑"、"水阳八景"，这些都是飞鸿会入驻后他遣石木工和花匠打造的山道小景。他自己平时无事，也会在这里流连逡巡，赏花惜日。

今日无事，他也想慢慢踱上山去，沿途欣赏一下自己亲自过问的亭台野径。只是连他也没有想到，会在自己前方不到五丈的一间尖顶飞檐的落日亭中看到那个人。

那个人一身锦绣华服，只是多日不换，已经显得脏污。左丘飞鸿第一次见到他的时候，他满脸惊慌，正在往林中逃窜。只是现在他坐在这间小小的亭子里，却像是一个看尽了俗世与纷争的无上大能。

左丘飞鸿走到亭子外铺满细碎鹅卵石的小径上，十分郑重地对着这个人施了一礼，非常严肃地说道："能让我左丘飞鸿看走眼的，阁下算是第一人了。这几日应该是多有得罪，左丘飞鸿代麾下各门主向阁下说一声见谅。"

那人淡淡地说道："飞鸿会名声在外，不过却让我失望得很。他们一个个都还以为我真的是失心疯呢。我没有动他们，因为他们不值得我出手。只是，"那个被青山依旧在和朱颜空自改带回来的"失心疯"双目如电，盯着左丘飞鸿，顿了一顿，说道，"希望被誉为李善长身边第一高手的左丘飞鸿，不会让我失望。"

左丘飞鸿尚未说话，突然觉得山道上竟然传来了海潮的声音，一座空山从天而降，石子小径在足下化为深海，眼前的"失心疯"却完全不见了踪影。

他知道自己遇到了此生从未遇过的高手，顷刻间双手在身前横划，在山与海之间遁入了一个无始无终的"一"。

第十五章 不惹事的父子

"我已有多年，未曾来过苏州了。"燕胡桑有些唏嘘地对身边的燕笑我说道。

二人从边塞骑马进关，数日后在山西太原府改乘马车，十余日后进入南直隶，再换水路，一日后便到了苏州。燕胡桑此次特地轻装简行，没有安排教内车队护卫跟随，教中老成持重的长老们觉得不妥，建议带上贴身护卫，都被燕胡桑一一否决。他说此行不宜声张，江湖中不知有多少双眼睛在盯着他，特别是江南叶家鹰眼阁的暗探，动静太大一定会走漏了风声。

燕笑我看着苏州府内小桥流水，河道里来往船只如梭，繁华的街道两边是各种食肆、茶馆、医馆、布匹商店、铁匠铺、书屋，不禁感叹道："都说江南富贵繁华，这苏州府如此景象，果然是印证了此言非虚。一路而来，扬州、苏州都如此兴盛，拱卫京师，也难怪他朱洪武可以夺下大元的天下。"

燕胡桑点头道："江南历来税赋、钱粮充足，百姓生活富裕，作为一国之都所在，自是有其优势。京师地势以丘陵为主，又有长江天险隔断南北，易守难攻，城东亦有紫气龙脉之象，风水之好，不是元大都可以比拟的。我们燕云教虽然崛起于边塞，但日后势力扩张、发扬光大，是一定要进驻大都和江南的，甚至就连那没有门派敢涉足的蜀中，都要有我们燕云教的门户。"

燕笑我沉声应道："是的，爹。我们燕家本就是江南大姓家族，如若不是当年得罪了官府，又被迟家落井下石，燕家理应是苏州府最大的势力，又岂会有他们江南三大世家今时今日的地位。"

燕胡桑缓缓说道："不错，一个世家的力量在百姓面前恍如庞然大物，可在朝廷眼中倾覆一个世家委实是易如反掌。你爷爷当初如果不是因为拒缴了朝廷私征的税赋，还出手伤了苏州府尹的步兵总教头，朝廷也不会派遣重兵血洗燕家。我那时年岁尚轻，你爷爷只有我这么一个儿子，他叫我忍气吞声，逃往边塞，留下血脉，日后再报仇也不迟。我在逃亡的路途中便听闻了虎丘燕家覆灭的消息，燕家八十一口，连同我爹燕书寒，尽皆死在了大内高手和迟重彻的手下。迟家现在三大世家之首的地位，实在是从我燕家的尸骨上跨过去的。"

燕笑我怒道："爹，孩儿愿和你一同去迟家，打断迟重彻那个老匹夫的双手双腿！"

燕胡桑看了他一眼，冷冷地说道："哦？你要打断迟重彻的腿？"

燕笑我双手指骨骨节"喀喀"作响，点头道："是！不然不足以平息我胸中之怒！"

燕胡桑突然怒目圆睁，沉声喝道："混账！"

燕笑我呆了一呆，一时间神色无措，不知道燕胡桑为何要这样呵斥他。

燕胡桑怒道："冲动鲁莽，毫无头脑！先不说迟重彻武功之高，武林中已难觅敌手，就说迟家这么多年的积累，府中深藏了多少精锐好手，你可知情？迟家府院纵深几何，几步一岗，巡查守卫伏于何处，你可了然？迟重彻拳指双绝，携肉身入'江山'、'天下'武学道境，以唐白木之盖世无双，左丘飞鸿之绝艳惊才，都不敢说能胜得过他，就凭你，就敢妄言打断他的腿？真是笑话！"

燕笑我不敢说话，面色铁青，僵硬地站在燕胡桑身侧，垂手而立。

燕胡桑说完这一番话，脸色稍稍缓和，长叹了一口气，悠悠说道："笑我，你将来是执掌燕云教，叱咤风云的角色，不可如此鲁莽武断，冲动只会坏事，作为燕云教将来的教主，一切都要深思熟虑才是。"

燕笑我面有愧色，应道："爹教训的是，笑我实在是太鲁莽了。"

燕胡桑"嗯"了一声，转头看着河道上一座座如飞鸿一般架起的玲珑拱桥，用一种很缥缈的声音说道："为了燕云教，私人恩怨都可以放在一旁，只要对教派有利，血海深仇都可以暂且不论。这才是你应该达到的境界，凡事以大局为重，喜怒不形于色，只要对燕云教有利，即便是你的杀父仇人，你也要先和他合作，公私分开，因为你不仅仅是你爹的儿子，你不仅仅属于燕家，你以后更多背负的是一个教主所需要背负的使命。"

燕笑我身躯一震，抬起头来看着燕胡桑，眼中怒气尽逝，转为不易察觉的悲伤，低声应道："是，孩儿知道自己该怎么做了。"

燕胡桑眼中有欣慰之色，他抬起头来，看着天边渐渐出现的黄昏，淡淡地说道："过了今晚，明日便是迟重彻的五十大寿了。"

"府中很多年都没有这么热闹了呢，大少爷。"迟家总管迟古原对迟家大少爷迟鸠轩说道。

"是啊，爹今天五十大寿，苏州府里有头有脸的人都来了，外阜的也来了不少呢。"迟鸠轩看着府门外不断拎着贺礼进来的客人，不自觉地把两只手兜进了袖笼里。

他是迟重彻的长子，平时主管府内的事务，在武道上没有能够继承其父的天资，却擅长待客接物、交往之道，迟重彻索性便将迟家对内对外的应接事宜全部交给他做打理，也正是尽了他的用处。此次做寿，迟鸠轩将邀帖、接待、宴席、菜品、投宿、船只、马匹等等细枝末节安排得井井有条，就连在迟家做了三十年管家的迟古原都赞不绝口。

迟鸠轩育有二子，长子名无颜，今年已经八岁了，次子静水，今年两岁。迟无颜作为长子长孙，天赋异禀，不但越过其父直接继承了迟重彻的武学天赋，而且桀骜不驯，难以管教。迟重彻对他也甚是喜爱，亲自授拳予他，迟无颜一学就会，一会就精，迟重彻老怀大悦，祖孙二人有时直接以师徒相称，迟鸠轩更是没法管教。每每在他要责罚无颜时，无颜都会跑到迟重彻的书房告状，迟重彻回护孙儿，将迟鸠轩一顿劈头盖脸地臭骂，迟鸠轩往往都是悻悻而回，气没处撒，就一股脑儿地发泄在二儿子迟静水的身上。

迟重彻今日大寿，迟无颜就一直躲在迟重彻的书房里，缠着迟重彻教他"指点江山"，也不出来陪迟鸠轩迎宾谢礼，恨的迟鸠轩牙痒痒，心里想着总要找一天趁着迟重彻不在家的时候好好揍一顿这个劣子。

他心里正想着痛快，突然听见门口家丁报客名："苏州叶府叶落然先生到——"

他心中一凛，知道这是贵客，连忙打起精神，只见叶落然身后跟着家丁捧着贺礼便迈了进来。迟鸠轩上前两步，双手施礼，说道："叶家主赏脸前来，鸠轩代家父谢过了。"

叶落然回道："江南三大世家同气连枝，迟老爷子做大寿，我哪有不来的道理。"

"正是，落然你说的甚好。"

迟鸠轩循声望去，原来南宫家的南宫引和长子南宫琴也到了。

他将三人引至迟家接待宾客的"揽湖轩"，安排三人在主桌边的席间入座，在退出"揽湖轩"走上回廊的时候，心里隐隐觉得有些不安，可是又说不出是为了什么。

他在心里默默地把今天所有安排的细节顺序从头捋了一遍，没有发现什么错漏，又想了想今天从大门外进来的客人，也没有什么问题。那么这种不安的感觉来自于何处呢？

他蓦地一下惊起，原来他在退出"揽湖轩"的时候，眼角余光瞥见了角落里的一桌边上，坐着一个身材高大的黑衣中年男子和一个一身灰衣的俊朗年轻人。

而这两个人，他都不认识，也没有印象。那么他们是从哪里进来的？

迟鸠轩猛然转身，往"揽湖轩"疾奔过去。本来想迎上去说两句话的迟古原只觉得眼前一花，迟鸠轩已经在三丈开外了。

　　此时，坐在"揽湖轩"里的燕胡桑正对燕笑我说道："有时候你不惹事，事情反倒会自己来惹你。"

第十六章 山海道一

青山依旧在和朱颜空自改察觉到鸡笼山下气机涌动，整座鸡笼山恍若化为沧海中之一座孤岛，不约而同地都变了脸色。今日只有他二人身在飞鸿府，白日依山尽已回到李善长身边继续贴身守卫，绿竹入幽径和黄河入海流有公务在外，而身负秘密任务，久未露面的蓝门门主蓝衫经雨故在哪，恐怕也只有左丘飞鸿本人才能知晓了。

二人本是站在飞鸿府外准备迎接左丘飞鸿归来，此刻惊觉左丘飞鸿有可能在山脚下遇到了阻击，而且敌人实力之强犹如山海共怒，委实骇人听闻。青山依旧在没有多想，身形展运，已往山脚下纵跃而去，听见身后有衣袂破风声，朱颜空自改也紧随其后。二人身法极快，十余个呼吸的工夫便已赶到山脚处的落日亭，这便是他们感知到的气息波动的源头处。

本来稳稳地立在碎石小径深处、檐角飞起的落日小亭，依然完好无损，只是整个亭子连带亭底的木基竟然悬空浮起，飘而不落！

青山依旧在皱眉道："亭身承受不住他们的重击余势，本应垮塌，只是会主的‘万物颓’之道意强行将亭身凝固，衰从根起，而会主的敌人为了瓦解会主的攻势，强行断绝了亭身与根部的联系，并且聚气成浪，使得亭身悬空随波漂浮，永不消融。这份能耐手段，已然超越了我可以理解的范畴。"

朱颜空自改急道："敌人这么强，那会主岂不是有危险？"

青山依旧在尚未答话，突然强大至极的气息波动又从对面的古鸡鸣寺传来。二人来不及多说，又急忙往对面的千年古刹奔去。

古鸡鸣寺可追溯至东吴的栖玄寺，寺址所在为三国时属吴国后苑之地，西晋永康元年在此倚山造室，始创道场。东晋以后，此处被辟为廷尉署，至南朝梁普通八年梁武帝在鸡鸣埭兴建寺庙，始成为佛教香烟礼拜之地。古鸡鸣寺在战火中曾经毁灭数次，后又被重建，悠悠岁月中，寺内九层佛塔曾遭雷击，庙宇尽被焚毁。至元朝时，古鸡鸣寺又建起了五层浮屠和各大殿。

青山依旧在和朱颜空自改跃上庙门外的石阶，感应到交手的二人正在往寺庙最高处的五层佛塔而去。二人冲进山门，迎面而来的是无边无际的瀚海雪山之境与连绵不绝、周而复始的吞噬的"一"。青山依旧在觉得自己每往前迈一步就仿佛是在翻越千丈山峰后亲眼目睹山峰在自己身后溶解；朱颜空自改觉得自己的每一次呼吸都好像是吞吐了一次涨潮的海水后口鼻中的海水又弹指间腐蚀成脓血。

无始无终的"一"横亘在山与海之间，吞噬、分解、腐蚀万物，就连巨大无比的山峦与浩瀚无际的大海也无法逃脱这样的宿命。然而海中不断升起绵延的山脉，山脉间总是奔涌着无尽的海水，整个古刹这一方净土已经被如山海一般的气息以及无物不吞的"一"之道意填塞得质地粘稠、沉重、难以寸进。

青山依旧在浑身青气暴涨，"皇青国气"已在体内运转到极限。他身旁的朱颜空自改也是全身赤潮涌动，对抗着正在佛塔上交手二人的战意余势。他们每前进一丈就像经历了一场恶战，二人刚刚穿过韦驮殿，摇摇欲倒的韦驮殿便支离破碎，正要向外崩碎的时候又像是被一个看不见的漩涡吸食，旋转着朝着中心一点缓缓地分解、消融了。殿内所有的佛像、香炉、横梁、椽木，以及殿身上的砖瓦、草木，尽皆腐朽成灰，归于虚无。

朱颜空自改猛地祭出长枪，一枪刺向压力极重的身前虚空之处，长枪甫出，青山依旧在的右手已经搭上枪尾，青气沿着枪身直贯枪头，二人同时一声闷喝，赤焰与青气送出枪身，长枪脱手，直直地刺入了虚空中的某一点。

一弹指是六十个刹那。整座古鸡鸣寺在这一弹指之间沉闷到了极点。

只听"啵"的一声，有风吹来，天穹之下仿佛被刺穿了一个洞，山海道一的压力倏然间顺着洞口消散，青山依旧在和朱颜空自改浑身湿透，站在大雄宝殿前微微喘息。朱颜空自改的长枪斜斜地钉入头顶上方的牌匾之中，枪身尽没，只露出一个枪尾。

二人对视一眼，知道余势压力已破，下面就可以飞身而上，直入二人交手的佛塔了。朱颜空自改短短调息了一下，长身跃起，握住牌匾里的枪尾，右臂运力，长枪被直直抽出，他人还未落地，大雄宝殿摇晃了一下，便"哗啦"一声，四散崩裂后又旋转着被吞噬于空间中虚无缥缈的一点。

二人运步入飞，三四个起落就到了古鸡鸣寺最高处的五层佛塔。佛塔并不坚固，在左丘飞鸿和"失心疯"的交战余波下已经岌岌可危，只是二人身在塔中，心意自护，不至于立刻崩毁。入塔的进口处，俯首坐着一个一身紫衣的年轻人。

"是紫衣！"朱颜空自改低呼一声，急忙上前查探他的伤势。

紫衣挟刀斧抬起头来，面色灰暗，嘴角有一抹不易察觉的血迹。他看着青山依旧在和朱颜空自改，苦笑道："二位大哥，紫衣未能进入佛塔，在塔下伺机出手时就被他劲气所伤，会主独自与他交手已经差不多整整一炷香的时间了。"

青山依旧在问道："究竟是什么人在和会主交手？此人武功之高非但不在会主之下，而且鬼斧神工，手段之精妙、余韵之悠长，实在是耸人听闻。"

紫衣挟刀斧眼中有不屈的战意，忿忿地说道："我们都被骗了！就连会主当日都没看出他的虚实，谁能想到一个看上去傻子一样的失心疯会是如此绝顶的高手！"

朱颜空自改骇道："难道是我们从流鹊山带回来的那个失心疯？"

"正是！"紫衣挟刀斧闷声说道，"徐达老匹夫不知道从哪招揽来了这样的人物，用心歹毒，其心可诛！"

青山依旧在忧心忡忡地看着紫衣挟刀斧身后随时都有可能崩塌的佛塔，长吸了一口气，对着朱颜空自改说道："朱颜，我们该进塔了。"

突然一个苍老而平静的声音从他们身后传来："阿弥陀佛，二位施主可以不用进去了。左丘会主和那人的交手已经结束了。"

青山依旧在和朱颜空自改回过头来，发现身后站着一位老僧，正是这古鸡鸣寺的方丈悲卫禅师。

悲卫禅师上前一步，对着三人双手合十，悠然说道："左丘会主和那位一到本寺，老衲就已经将众僧人和香客安置到了寺外的厢房暂避。本想劝解他们化干戈为玉帛，岂料他们出手极快，老衲也不及劝阻，迟疑间紫衣门主出手反而被伤，也是老衲犹豫所致，罪过罪过。"

青山依旧在等三人回了一礼，刚想说点什么，只听见身后一个温润沉稳的声音响起："大师何罪之有？是左丘放肆，毁了庙内佛殿佛像，烦扰了清净之地，还望大师宽恕。"

青山依旧在等三人一颗悬着的心终于落了下来，回过身去，只见左丘飞鸿气定神闲地立于佛塔门侧，看不出来刚刚正经历了一场恶战。

第十七章 刹那

迟鸠轩刚刚跨入揽湖轩大门，迎面正碰上他胞弟迟垣任。迟垣任是迟重彻的二子，与他哥哥一样，在武学上都天赋不高，但他极富经商头脑，迟家在苏州府的漕运、盐运、织造、行船脚夫等生意在他手里打理得蒸蒸日上，与叶家、南宫家在瓷器、制陶、养蚕、耕桑生意方面也分配合理，尤其和睦。叶家平日里有鹰眼阁交易情报，收入颇丰，南宫家有专门的乐器铺，垄断了苏杭一带的古琴、古筝、笛、箫市场，也是一本万利。迟垣任不仅留下足够的生意份额予以两家，偶尔也会大手笔买下叶家的独门情报和南宫家制作的极品乐器帮衬，使得叶落然和南宫引对他都十分满意。

他正坐在贵宾席陪着叶落然和南宫引聊着今年的钱粮进账，突然看见迟鸠轩急匆匆地冲进来，便赶忙迎了过去，问道："大哥，出什么事了？"

迟鸠轩握住迟垣任的右手手臂，低声说道："二弟，你转头看看角落里那桌的黑衣男子和灰衣青年，可是你请来的朋友或是熟人？"

迟垣任转头看了一眼，回过来摇了摇头。迟鸠轩低声说道："那便是不请自来的人了。这两个人给我的感觉非常不好，可能是想来捣乱的。这里人多，你莫声张，先把这二人请出去，然后再问清楚。"他握住迟垣任的手紧了一紧，迟垣任心领神会，转过身去走到角落里那张桌子前，笑着对燕胡桑和燕笑我微微欠身，小声说道："二位，请随我移步到隔壁的'凭风阁'，这桌先前已经定了人员，坐不下了。"

燕胡桑没有说话，自顾自地喝着桌上的茶水。燕笑我看了迟垣任一眼，淡淡地说道："哦？也没见人来，我们就先坐着，等人来了再让不迟。"

迟垣任毕竟是生意场上摸爬滚打的人物，毫不动怒，只是笑着说道："二位贵客请不要为难主人家，今日是家父五十大寿，来宾都非富即贵，谁也得罪不起，还请二位贵客看在家父的面子上，移步隔壁，我们稍后就有茶水点心奉上，莫要在此伤了和气。"

燕笑我冷笑了一声，说道："得罪不起别人，你就能得罪得了我们么？话都说到这份儿上了，还哪来什么和气？我们好端端地坐在这里要为迟老爷子贺寿，你却三番四次要赶我们出门，这便是你迟家的待客之道吗？"

他说话的声音不小，惹得邻近几桌的客人都不禁转过身来看看发生了什么事。迟鸠轩在一边见已经引起了骚动，果断上前一步走到燕笑我跟前，伸手就搭上了燕笑我的肩膀，沉声说道："既然你们不自己让开，就别怪我们得罪了！"

他五指运力，想扣住燕笑我的肩井穴，再把人直接拖出去，岂料手中一震，自己搭在燕笑我肩上的手指竟被对方以十分奇妙的运劲方式摆脱。他知道自己是托大了，神色一敛，运指如风，疾往燕笑我的胸口点去。

这一指不偏不倚地点在了燕笑我的胸口。迟鸠轩虽然武道不精，可这家传的指法毕竟也练了二十余年，去年他在徽州对接道台，路遇黄山一带闻名的"祁门盾甲"势力，他以一根手指连破十枚铜盾和护身藤甲，指力强劲，折服众人。被他这一指点中，就连坚硬的藤条都要应指而断。

燕笑我一动未动，硬受了这一指。然而迟鸠轩自己的感觉却仿佛点中了一池死水，指力散开，在死水上泛起了一圈一圈的涟漪。他心中一惊，还未来得及作出反应，燕笑我右手一翻，已扣住了他的手腕，迟鸠轩只觉得半身酸麻，不自觉地竟往地上跪了下去。

迟垣任一看不对，左手急忙托住迟鸠轩的身体，右手成拳，一拳往燕笑我的面门击去。他们兄弟二人分习拳指，这也是迟重彻觉得他们天资不高，与其贪多，不如精专，故按照二人的身体条件，分开传授了老大指法，老二拳法。

　　燕笑我面色一沉，口中说道："打人不打脸，世家子弟连这点修养都没有么？"他手中不停，左手探出，运掌如刀，切中了迟垣任这一拳的"力眼"，迟垣任身躯一抖，手腕也被燕笑我扣住，也觉得半身酸麻，连同自己的大哥一同往地上跪去。

　　突然间揽湖轩里两道人影一闪，分别托住了迟鸠轩和迟垣任两人的身体，不让二人就此跪倒。燕笑我双手一分，劲力如分潮破浪，迟鸠轩和迟垣任二人的身体便飞了出去，连带着二人身后的迟家高手，越过大门，重重地摔在门外檐廊的过道里。

　　他坐在那里未动时，别人还看不出他的武功虚实，这一下劲气外放，叶落然和南宫引对视一眼，都看出了些端倪。南宫引低声对着叶落然说道："看上去九成似'死水微澜'。"叶落然点了点头，轻声说道："应该是燕云教的人。"南宫引说道："出不出手？"叶落然回道："看看再说。"

　　迟鸠轩、迟垣任摔倒在地，浑身有翻浪劲力如涟漪般一波一波地侵袭着身体，一时间竟然站不起来。揽湖轩外一阵阵衣袂破风声，有人将迟鸠轩和迟垣任二人扶起挪走，另外八人已经将燕笑我和燕胡桑二人围在当中。

　　燕笑我的眼神从八人的脸上依次闪过，傲然说道："久闻迟家有八名拳师，随迟重彻南征北战，平定了很多艰苦的战役，江湖人称'八风不动'的八拳宗师，今日得见，定要领教一二。"

　　他右手手掌伸出，竟一把握住了整个战局的气机。然后他开始向揽湖轩的中心移动，围住他的八位拳师因为气机牵引，也随着他一起移动，中途撞飞了阻挡他们的所有桌椅板凳，有些宾客躲闪不及，竟也被撞得飞了出去，只是半空中总是有人影闪烁，接住了那些被撞飞的宾客。

　　燕笑我移至揽湖轩的中心，便不再移动，八位拳师收住脚步，吐气扬声，齐齐地一声吐纳，将燕笑我手中的气机击碎。燕笑我神色凝重，收起了刚才骄傲自负的表情。他知道迟重彻当年收服了这八人后，特地为八人量身打造了一套"八风不动"拳法，分别对应佛家的利，衰，毁，誉，称，讥，苦，乐，四顺四逆八风，八人将这套拳法已练至炉火纯青之境，在迟家对外大大小小的战役中未尝一败，即便是精修"吠陀龙象拳"的密宗第一拳术宗师松觉上人都没能从他们手中讨到便宜。

八人的呼吸吐纳出奇得整齐，就好像是一个人一般。第一人一拳击出的时候，燕笑我只觉得迎面一阵狂风大作，不自觉地伸手格挡，二人交手数招，竟是难分轩轾，第一人出拳如风，燕笑我只觉得心中满是利是，不由得信心满满，托大抢攻，竟然险些被第一位拳师击中，他心中一凛，知道这是拳法带来的心魔，不由得收敛心神，小心拆解，这才重新扳回了局面。他一边接拳，一边问道："你们八人上阵，都是只一人出手么？另外七人都只看着？"

第二位拳师答道："今日只你一人，自然一人出手。若对手是八人，我们自当同时出手。即便对手有十八人，我们也只是八人出手。"

燕笑我笑道："既然如此，那我也就不留手了。"他衣袍弹指间无风自舞，脚下地面如惊涛拍岸，居然泛起了一波又一波的涟漪。燕笑我身形在涟漪波动的瞬间开始展运，竟然在肉眼可辨的情况下同时向八人发出了攻击。

第一位拳师闷哼一声，被他护体的波澜劲气压迫，显然无法支撑。剩余七人也在同时间感受到了威胁，八人同时吐纳，一拳击出，燕笑我只觉得风吹死水，自己身周泛起的波澜被八道拳风挤压，隐隐然有倒逆回卷的趋势。

燕笑我如老僧入定，在回还时延长了约摸十五个刹那的"寂静灭态"的时间。"死水微澜"见微知著，由"死"态到"澜"境的时间越长，所爆发出来的势与力便越难当。实际交手时，生死胜负只在弹指间，燕胡桑在传授燕笑我时，便特意要求他将"弹指"拆分成"刹那"，并且可以在数个刹那的工夫里由"寂灭"突变至"动极之境"。

燕笑我以一敌八，反应的时间如白驹过隙，可他仍然在这宛如没有缝隙、密如水流的间歇里寻找着光阴的切口。

那边"八风不动"和燕笑我酣战正酣，叶落然和南宫引却渐渐注意上了那个一直坐在位子上没有移动过半分的黑衣中年男子。

叶落然低声对南宫引说道："南宫兄，此人一动未动，对眼前的战局好像毫不在乎的样子。"

南宫引说道："我也觉得奇怪。这个灰衣年轻人武功已经高得出奇，难不成这个人是……"

叶落然眼中露出骇色，看了南宫引一眼，二人四目相视，竟是没敢将那个名字说出来。

燕胡桑却悠悠地开口说道："坐在那边那位华冠老者，可是南宫家家主南宫引？"

南宫引尚未说话，坐在他身边的长子南宫琴却出声喝道："放肆！家父的名讳岂是你可以直呼的？！"

南宫琴左手袖笼一抖，翻出一支青翠欲滴的绿玉笛，置于唇上，十指连动，三声笛音掠出，在别人听来清亮悦耳，可笛声聚气如箭，转瞬之间已袭至燕胡桑身前两寸！

燕胡桑依然动也未动，只是吐气扬声，大喝一声："放肆！"

南宫琴如被奔马正面撞中，手中绿玉笛"喀拉"一声断成数节，口中鲜血狂喷，整个人被从椅子上掀飞了出去。身后人影一闪，南宫琴也被迟家高手接住，慢慢地扶到了一边去了。

南宫引霍然起身，却被身边的叶落然一把拦住。南宫引按下怒气，双眼盯着燕胡桑，沉声说道："燕胡桑，我南宫家没有得罪过你，吾儿虽然出手在先，可以你燕云教一教之主的身份，寻常切磋，也不应该下此狠手！"

燕胡桑眼中有虎豹之气，缓缓说道："你儿子一言不合便出手伤人，正经没有家教。我燕胡桑平时最看不上的就是恃强凌弱、没有教养的世家子弟，他敢对我出手，我就当替你管教他了。燕某今日携小儿来为迟老爷子祝寿，却先被迟家人驱赶，后又被南宫家子弟硬逼出手，你们江南三大世家现在已经堕落无礼到这种程度了么？"

他的声音不大，可整个揽湖轩里每个人都听得清清楚楚，而且这话语之音里仿佛都携带了如澜瀑一般扩散的劲气，揽湖轩中每一个人都如受重击，胸腹间说不出的闷塞难受。

正在众人尽皆自危的时候，大门外突然间想起了一个苍劲有力的爽朗笑声，笑声漫入揽湖轩，驱散了燕胡桑言语中的肃杀之意，众人这才平抑了胸中不适，纷纷调息起来。

燕胡桑缓缓地站起身来，只见揽湖轩的大门外走进来一个剑眉入鬓的顾长男子，虽然须发已半数灰白，可面容却年轻得很，看上去只有四十不到的岁数。

这个男人身边，跟着一个只有七八岁大小的男童，岁数虽小，可眼神如箭，毫不怯场。

顾长男子走至燕胡桑身前一丈处，看都没看正在激战的燕笑我和八名拳师，也没看倒在地上迟鸠轩和迟垣任，只是深深地看着燕胡桑的眼睛，十分平静地说道："未想到我迟重彻五十大寿，还惊动了远在边塞的燕教主，之前礼数、招待不周，迟重彻在此先给燕教主赔不是了。"

第十八章 雪与刀

吴弹笛喝完了碗里的"画影"，听见帐篷外的雪下得越来越大了。从小修习音武道，第一要练的，便是双耳的听觉。他与谢吹琴的师父是东海方子春一脉的衣钵传人，昔日方子春在东海岛屿上教俞伯牙弹琴，只说了一句"心随音走，意贯弦疏"，俞伯牙便自有体会，练琴三年后枯坐岸边，琴音蔽体，与每日傍晚的海潮分庭抗礼，竟能令身前二十丈内的潮水不得寸进。

后俞伯牙虽然返回中原，在武林中以音武之术崭露头角，且未逢一败，可方子春一系的衣钵传人却并不是他。俞伯牙死后，俞家遇大变故，迁居苏州，并改姓南宫。南宫家随后便一直以"音武正宗"自居且昭告江湖，渐渐地，引起了方子春脉传人的不满。

方子春久居海岛，辞世前未再踏临中原一步。其衣钵传人也生性淡泊，无意涉足武林纷乱，只是偶尔会返回内陆，寻觅到两三个适合音武道的学生，传授他们音武之术，再择一授其衣钵。直到数代之后，才有方系传人回归中原，而此时，中原武林只知道俞伯牙一脉方为正宗的音律武道了。

吴弹笛与谢吹琴一样，幼时家贫，五岁便跟随一名老琴师学习古琴，以便日后可以成为琴师，为大户人家婚丧嫁娶时演奏之用，赚点微薄收入昏昏度日。只是在一次街头卖艺时被其师看中，收入门下。他们的师父在最初锻炼他们的听觉时，是隔着两个厢房，在墙后以最弱的音量弹琴弦一个音，并让他们准确无误地说出其音几何。

　　吴弹笛三碗"画影"黄酒入喉，不自觉地在这个一灯如豆的雪夜想起了往事。他听得见雪花在半空中融化的声音，看似轻若无物的雪片重若鸿毛般地压下来，空气里有不堪重负的旋律。每一朵单独的雪花落在草原上的声音不同，他能据此分辨出雪花的形状。柱状的雪花与泥土接触时有近似于合掌的撞击声，而针晶雪花却能发出秋蝉的鸣泣。

　　他对面的岂子道已经喝完了那一瓶"画影"，正拿着那一副对联不忍放下，嘴里还念念有词，一副如痴如狂的模样。吴弹笛耳中充斥着帐外大雪压境的音律，盯着油灯上的那一缕火苗出了神。

　　那也是一个与今天一样的大雪夜。他在临安遭到三名南宫家"声动梁尘"境的音武者伏击，险象环生，突然天降大雪，雪花覆盖万物，竟连音武之术的音刀律剑都被密密麻麻的雪花遮挡，失去了原有的威势。吴弹笛双耳如被大雪之音洗净，在雪中豁然通晓了师父当年传授的基础技艺——听音入灭。

　　他觉得自己的肩头跳动着寂寞如雪的音律，每一片雪花的声音环绕在他的躯体周围，使得他情不自禁地抛弃了自己的琴，而从袖笼里掏出了一支极其普通的竹笛。他的对手们已经适应了雪夜的沉寂，继续透过雪花与雪花之间的缝隙向他发起了新一轮的音斧攻击。吴弹笛吹响了手中的竹笛，犹如吹响了雪夜源头的根系。每一片雪花都成了他的武器，他的笛音无声，却由雪花落下的节奏与间距完成了这曲大音希声的寂灭笛音。

　　三名南宫家的音武者被一枚枚雪花击中，纷纷狂喷鲜血，鲜血在深夜反光的雪地上，有着一种刺目的暗沉。吴弹笛吹孔离唇，以双手十指弹按笛身音孔，一时间雪花倒卷，敌人们的乐器无形中灰飞烟灭，就连三个人的身躯都被离地击飞，抛飞进深夜里的雪花深处不见了踪迹。

　　雪夜一战后，吴弹笛正式进入南宫家划分的音武三境之最高一层"大音希声"，并舍弃了自己平时惯用的古琴，改用竹笛。这一战之后，也正式奠定了他和谢吹琴二人"弹笛吹琴，虚空碎尽"的音律武道最高峰地位。

十年过去了，他未料到自己可以在边塞草原的帐篷里，以相同的心境，又听见了一场大雪无声的寂灭原音。

从他进入到这顶大帐以来，眼前这个叫做岂子道的流寇首领便给了他几乎难以承受的压力。岂子道的每一声语音、每一个动作、每一次眼神，甚至与他碰杯的每一碗酒，都仿佛将他与周遭一切进行雕刻、镂空、打磨，他觉得自己俨然只是一块被岂子道贯彻其自身雕凿技艺的物料，甚至连他手里的白纸都比自己要轻松惬意得多。

幸亏有了这一场大雪，吴弹笛在心中默念。他未料到岂子道的刀意居然已经臻至如此妙境，手边一切皆可贯入刀形，即便是这一灯如豆的闪烁火苗，在吴弹笛眼中也好似一柄连接了灯油、棉纱与无尽长空的炎烧火刀，在自己进入大帐之后便开始对着自己一刀一刀地劈来。

岂子道终于放下手中的对联，看了一眼吴弹笛，眼中有一丝赞赏之意。吴弹笛自进入大帐以来每一个动作、言语、表情都应对得十分恰当，以一个音武者对武学的理解，用"弹笛吹古琴"的风雅化解了他"一刀断山岭"的杀气，后又以柔然清平之姿举碗，消受了他"酒过三巡狂风如刀"的战意，只要再能熬过这一灯如豆的"刀焰噬火"，也许就可以和他好好地坐下来谈一谈正事了。

吴弹笛眼前有万刀袭来，刀刀如火，斩灭了他自动护体的寂寂之音。他耳中此时再无旁物，纵然眼中有刀意流火，可耳中只剩下了唯有他可以听见的万籁俱寂的雪压之声。他觉得自己正沿着雪花落下的澜瀑溯流而上，在十年后的今夜，重新以神念之发肤触碰到了一场大雪的起源。

蓦然间草原上雪瀑横飞，从天而降的大雪竟然改了方向，如同一条流过平原的湍河。中心大帐的双层牛皮门帘猛地被雪瀑卷起，酷似出鞘长剑般的雪花挟裹着大风从掀起的帐帘空隙里刺了进来，灯火扑烁了一下，灭于四处飞散的雪花之间。

大帐内一时间漆黑一片，只有掀起的帐帘处透进来雪地上倒映的白色月光。

岂子道在黑暗中招了招手，帐帘落下，重新截断了雪花的来路。他摸出一个火折子，再次点燃了桌上的油灯，大帐内又亮了起来，灯火下吴弹笛的面色平和、通透、无悲、无喜，整个人与周遭事物圆融而又独立，无距却又有规，与先前进帐时的吴弹笛相比，恍若是另外一个人了。

岂子道眼中的赞赏之意已经变为激赏。他收敛了之前的狂浪神色，以一种十分严肃的声音说道："恭喜弹笛先生，于今日雪夜成功破障，进入了音律武道的更高境界。"

吴弹笛睁开双眼，缓缓说道："还得多亏了岂大师，若无岂大师的刀意侵体，弹笛恐怕也不会妙悟至此。"他今夜醍醐灌顶，已脱离了"大音希声"之境，进入到了更加玄奥、没有"有无"执着的"真音无相"之境，这已是当年连俞伯牙都不曾领悟的妙境了。

岂子道正色道："闲叙已了，弹笛先生可以说一说此行的来意了。"

吴弹笛说道："自当奉告。左丘飞鸿托我燕云教在边塞寻找岂大师，因他只知你隐于边塞，而飞鸿会在边塞却没有耳目，故请我教出手相助。他说寻找到岂大师之后，希望可以请岂大师回京师，岂大师当年和左丘飞鸿一同创立了飞鸿会，如今飞鸿会已独步应天，岂大师理应归去共享盛世。"

岂子道听完后沉默了一会儿，好像是陷入了一场与过去的争执。吴弹笛只是静静地看着他，没有打扰。半晌，岂子道才沉声说道："京师我是不会再回去了，左丘飞鸿与我之间的恩怨当年已经明明白白、清清楚楚，他现在又要我回去，想来是有什么棘手的事情他不方便出面，而需要我去完成。真是笑话，这么多年过去了，他还是待人如棋子，视名利如父母。请弹笛先生回去转告燕教主，岂某是不会再回去了。在这草原之上，岂某居无定所，驰骋疆野，鲜衣怒马，不亦乐乎，这里才是岂某此生的归宿。"

吴弹笛平静地说道：“只是那左丘飞鸿也料到岂大师会这般拒绝，他要我们转告岂大师，您最珍爱的人已掌握在他手中，希望您可以考虑清楚。”

岂子道猛抬头，双目圆睁，全身没有任何动作，却见中心大帐轰然破碎，漫天雪花逆势倒行，在深夜微光的长空下，赫然凝聚成了一把硕大无比的跨空雪刀。

第十九章 细笔玄心

　　元皇宫建成未到一百年，可在皇宫城墙的背阴处，也已经有了盘根错节的藤蔓和深入墙壁肌理的裂痕。北平平日少雨，今日却淅淅沥沥地下起了绵密如针的细雨。徐达一早在武楼里醒来时，正听见皇宫屋檐下巢穴里的喜鹊扑扇着翅膀外出觅食去了。

　　用过早膳后，他便坐在文楼内细细地观赏墙壁上的波斯细密画。元朝疆域开阔，至蒙哥即位时兵力曾深入波斯，占领并控制了花剌子模和呼罗珊等地区。原本只供奉于波斯宫廷皇室的细密画被占领军发现，传回大都，也深受元朝皇室追捧。后应元皇室要求，波斯曾多次派遣宫廷细密画大师东赴大都，为元皇室在皇宫文楼的墙壁上作画。

　　徐达看着被色彩华丽的细密画覆盖的墙壁，常常赞叹于波斯画师那精湛入微的技法以及对色彩的奇妙感知。他看见了细密画里经常出现的排列工整、精微至极的网格，想象着细密画大师在作画时是如何像一个精于刺绣的女工一般斟酌下笔；他能看见图画中许多他无法唤出名称的颜色，还是后来询问了略懂波斯风俗的文士才知晓的波斯绿、孔雀蓝、大赤金等。这些颜色明亮、饱满、富于性情且眩惑，使得他不禁怀疑，波斯人的双眼是不是与中土人士多有些不同。

　　他知道一个波斯细密画师自认为和公认的绘画生涯的巅峰便是在有崖的生命里无止境地精细作画时双目失明，而双目失明后的画师依然可以依靠数十年来的修为并在他们所信仰的"真主"的引领下毫不失色地勾勒出心中的图案。徐达相信，一个细密画师的失明是在所难免的，他也可以理解，以心眼观物比肉眼更加清晰无碍的剔透玲珑。

徐达这么想着的时候，突然察觉到了自己的衰老。他二十岁不到便随着太祖打天下，年轻时意气风发、不可一世，看不起腐化教条、圣贤夫子，如今四十有五，常年戎马生涯，见多了金戈铁马、血洒疆场之后，却又偏偏移情于诗词歌赋、书画奇珍。

他早上醒来时，肩颈的酸痛愈发使他觉得岁月轻人。他徐达也会这样老去啊，这可是徐达自己当年没有想到的事情。为大明江山立下汗马功劳的他，当下也已位极人臣，如果不是李善长，他一定是一人之下，万人之上的独相。他李善长不过一介文官，只会在圣上身边花言巧语、动动嘴皮子，极尽口舌之能事，如何能与他徐达在战场上出生入死、血溅五步相提并论？

徐达想到这些，不禁有些恼怒。此时文楼大殿外却有守卫禀报，客幽先生已经回来了。徐达这才从思绪中回过神来，命人传刘客幽进殿。刘客幽进入文楼主殿，发现眼前的徐达与别日总像是有些不同，却又说不出是哪里不同，就连身边的氛围都暧昧得有些阴湿，可能是因为今天这一场北平难得的小雨吧。

徐达双手负后，温和地说道："客幽，你与裁衣此番奔波往返，确实是辛苦了。"

刘客幽双手作揖，躬身回道："客幽为徐相效命，未曾觉得辛苦。"

徐达点了点头，说道："客幽坐下说话。"二人入座，刘客幽说道："禀徐相，此次蓝家之行极为成功，蓝家同意了徐相给出的条件，愿为徐相效力。蓝玄镜本人也答应会为我们阻截关墨等棘手人物。客幽已亲身试过蓝玄镜的剑法，委实另辟蹊径、妙到巅毫，远超陈刻舟、张求剑，南武林剑法第一人的名号应非他莫属了。”

徐达点头道：“如此甚好。唐门虽然已经为我所用，可唐南诗此人自视甚高，虽为幕僚，却也只是临时跟随，他终究还是要回蜀中主持大局。他唐家早已是江湖中第一大帮派，依附于我也只是图个与朝廷互不干涉，我们并不能给予他唐门太多的帮助。而蓝家则不同，在杭州府日渐势微，又被飞鸿会和江南三大世家倾轧，想要脱离困境，必须借助朝廷的力量。蓝家又出了一个蓝玄镜这样的绝世剑客，如若他能在五年内不死，想来他五年后的实力也未必会在那个号称不败的唐白木之下。”

刘客幽说道：“正是。蓝玄镜剑法精奇，剑理观心，正是不世出的剑术奇才。他‘玄瞳镜剑’以天下万法为根基，舍剑道而入法眼，天下万法犹如明镜在心，依属下之见，此人正是日后唯一可以在剑术上与关墨一争高下的人物。另外，还有一件事，客幽自己拿了主意，要在此向徐相禀报。离开杭州府后，我与裁衣去了一趟苏州叶家，以重金买得了鹰眼阁在数日前传回来的关墨的下落。原来关墨前几日一直逗留在杭州府不曾离开，客幽觉得机会难得，便传信给了蓝玄镜，请他去寻到关墨，以彼此的剑法做一个对话。客幽鲁莽了，请徐相责罚。”

徐达抚掌笑道：“何来鲁莽，客幽这一记干得委实漂亮。我们正愁不知道关墨何时何地出现，天赐良机，怎能放过了这个重创他的机会。依客幽之见，二人此次若能相遇交手，谁的胜算更大一些呢？”

刘客幽沉吟良久，方才开口缓缓说道：“关墨的剑法，客幽只有缘目睹，无缘亲身试剑，可能这也是幸事，如果亲自试了，也许就不能侍奉徐相这么多年了。”他笑了笑，继续说道，“关墨的剑法，从一个旁观者的角度来看，第一印象就是拔剑那一瞬间的突兀。那不是‘快’这个词可以形容的，而是一个不经意的闪现、一次毫无防备的发生。旁观者已然如此，可想而知面对他拔剑的人会是更加的猝不及防。其次，便是他一剑斩下，无物不断的气势。这种出剑的气势由心剑而起，关墨的心中早已认定这天下间没有他不能一剑斩断的事物，即便他面对崇山峻岭、大河滔滔，甚至是无法用肉眼定形、肉身触摸的虚空，在他心中都没有区别，只会在他剑下应声而断。这种剑道心境的坚定与通达，已然臻至道之巅峰，在我遇到蓝玄镜之前，是觉得不会有人可以超越得了他了。"

"然而蓝玄镜确实是给了我很大的惊喜，甚至可以说是震撼。"刘客幽话锋一转，继续侃侃而谈，"中原武林向来以武学入道为尊，没有谁想过悖逆这不变的铁律而去钻研武学。似蓝家初创'玄瞳镜剑'之人，百余年来，武林中可以说是前无古人。所以蓝玄镜的剑法是当下武林无人领略过的孤诣，我想即便强如关墨，与他交手时应该也会觉得不适，但凡蓝玄镜可以接的下关墨出手三剑，之后究竟鹿死谁手，我本人觉得是五五开的局面。"

徐达点了点头，说道"客幽对蓝玄镜的评价很高，也希望他能够不让我们失望吧。这一场 道境巅峰与世间万法的决斗，于我们来说有百利而无一害。即便关墨能够胜出，也一定会元气大伤，短时间内再难为李善长所用。而我回京师之后，才是和李善长老匹夫真正较量的开始。"

徐达看向刘客幽，继续说道："昨日我收到圣上传来的密旨，召我回京面奏北平局势。我已将北平的事务交由常遇春暂时主理，明日启程，你和裁衣与我一同返京。此次回京，李善长那个老匹夫一定会伺机对我下手，我琢磨将唐南诗也一同带回京师，这样一来压力便会小了许多。"

刘客幽回道："徐相说的是。唐南诗此人深不可测，身为唐门家主却不外露，依我之见，他的武功未必便在唐白木之下。有此人在徐相身边，当可万无一失了。"

第二十章 断空与法眼

不知从何时开始，关墨便喜欢随身带着一个水盆，水盆里放两条锦鲤。水盆在他手中稳如平地，无论他是行走、跳跃、奔跑，盆中的水面都平稳如镜，没有丝毫波动。水里的鱼儿不知自己已经随着他从京师来到了杭州，对于它们来说，水盆便是它们的整个尘世。

作为一个北方人，关墨也记不起自己为什么总是喜欢来杭州，而且对杭州竟是如此的熟悉。每一条街道、每一个里弄的弯角、每一个西湖边的野景，在他眼中显得陌生，可却有一种莫名的怀念。他不知道这种陌生的熟捻因何而起，也许只是禅宗说的眼缘。

他每次来杭州，都要去一趟西湖边的灵隐。灵隐有山，山势却不显形，沿山路而上，两边林木苍翠，拔地而起，在他眼里，却是一株株破土而出的剑意。剑道于他而言，已经是浸淫了半生的艺业。关墨三岁练剑，而今已足足四十年。这四十年里，武林中剑客如潮，江湖人对剑的迷恋超越所有其他的兵器，学剑的人占了用兵器的足有五成之数。

然而自关墨二十岁出道以来，一路扶摇直上，直至他二十五岁时，一剑斩断当年号称"天下第一剑客"的龙湖剑派首座原瀚宗的长剑，便奠定了他今日剑坛无敌的地位。

原瀚宗在被他击败之后曾不可思议地问他，以他二十五岁之龄，是如何可以将剑道推演至如此登峰造极之境地。关墨的回答被在场观战的寥寥数人传了出来，震惊了武林，有不少剑客甚至从那以后心灰意冷，弃剑不修，放浪人生去了。

关墨的回答是这样的：你可曾见那花草，从土地里破壁而出，静默生长，然而花朵的绽放，却是不经意间的释放，那是永不被人发现的秘密，那是生命对无常的一次出剑；你可曾见那南来的秋风吹断了枝叶，吹皱了水面，吹裂了亘古长存的石岩，吹得柳树下的人儿衣襟当风，飘飘欲仙，那是无形无相对色相皮囊的一次出剑；你可曾见那密如锦缎的水流流过河床，流过沃土，切断大地与山脉、森林与村庄，你以为这便是水流的剑法，然而你不曾看见水流切断自身，也不曾看见水脉互相斗争、碰撞、碾压，你见到的密如锦缎，在我眼中却是一缕缕破碎并残缺的砖瓦。那不是水流的剑法，那是我对你的出剑。

原瀚宗听后如闻道音，口中喃喃自语"朝闻道，夕死可矣"，随即以手中的半截断剑饮颈自戮。"天下第一剑客"的称号自此易主，而龙湖剑派也在很短的时间内从武林中销声匿迹。

光阴如原驰野马，亦如孔子面对涛涛沂水时之感言——逝者如斯夫，不舍昼夜。一晃十八年过去了，这十八年里，关墨究竟来过几次杭州，几次灵隐，连他自己都失去了印象，一切答案兜兜转转，可能也不过只是他手里水盆中的两条锦鲤罢了。

灵隐有三寺——灵隐寺、永福寺、韬光寺。相较于灵隐寺的名闻遐迩、香客如织，永福寺与韬光寺便显得幽静而深邃。和灵隐寺内庙宇的气势恢弘相比，永福寺的庙舍构造极其精巧，布局细腻，穿过庙门之后的一排舍利塔，便是内院大门，门上牌匾写着四个大字：常住真心。

关墨行至此处，不自觉地便放下手中的水盆，拉起衣袍，盘膝而坐，在庙门与舍利塔之间静静仰望，盯着门上的牌匾默默出神。庙里的僧人偶尔从他身前身后行过，也不管他，任由他坐在那里发呆。水盆里的两条锦鲤在他身前主动分开，不再缠绕贴靠在一起，而是各自占据水盆一端，鱼身微弯，围成了一个圆转的环。

他就这样如老僧入定一般地盘腿坐在那里，也不知过了多久，阳光从庙门顶端瓦片移到牌匾上，再移到明黄的寺墙，僧人们从他面前经过去饭堂，吃完饭从饭堂出来又从他面前经过回精舍，关墨恍若未觉，身外周遭一切与他无关，他的眼中、意志里，便只有牌匾上"常住真心"那四个大字。

日头又往下落了一些，明黄的寺墙上不再泛着耀眼的光，有一些庙外的小食肆已经在远天外并不昏暗的晚霞里亮起了挂在食肆廊檐下的遮风油灯。有风从永福寺西面溪涧旁的树林中吹过舍利塔，带来了即将入冬的竹子气味、溪涧水声、昏黄的灯影，以及一个一身蓝衣、左手执剑的年轻男子。

蓝衣年轻人来得很快、很轻、很飘渺，风从天竺溪开始吹拂的时候，他人还不在灯影下，然而他却和风一道，来到了关墨的身边，带着竹叶的清香味，和隐隐约约的黄昏烛火。关墨好像并不知道他的到来，依旧执着而出神地看着牌匾。二人一坐一站，就这么静静地共处了约摸一盏茶的时光，此时若有一个妙手画师在场，将二人背影与黑瓦、黄墙、素匾、昏光一同描下，落于纸上，也许这一幕场景就能在青灯古卷的寺庙里活氛起来，世世代代地流传下去，直到雪舟入京、唐寅润笔。

只是江湖终究只是那一个刹那的江湖，一个刹那间有多少人头落地，一个刹那间有多少新人崛起。无论是画笔亦或刻刀，都无法临摹下那个江湖，那个刹那。因为一次拔剑、一次交手撞击而出现的美，已经超越了江湖所处那个时代的所有艺能。所以在这样富于禅意与武道交融的场景中没有画师临场绝不是因为画师与武者泾渭分明，而是因为画师已经无法用画笔宕下那短短的绚烂，武之磅礴精深，只能以言语勉强勾勒传递，愚昧世人，而其精华璀璨，只能便这样凝结在武者之间的际会中，消散于一次震动、交接、碰撞、撕裂之后的平和里，被这一方天地所记住，并且永远等待着后人有缘体会。

一盏茶的时间过去了，黄昏变得瑰丽、曼妙、在越来越黯淡的气氛里有了朦胧惆怅的诗情。蓝衣青年轻轻地叹了一口气，缓缓地开口说道："在见到你之前，我并不知晓，居然还有人可以让我有无从出剑的迷惘。"

关墨沉吟了一会儿，说道：“剑未出，自然无从出剑；道未走，定也无路可循。出剑是一件需要身体力行的事情，拔剑瞬间的感受和身体与大势之间的斟酌才是一个剑客应该精研的极诣，出剑不是思忖，而出剑才是一个剑客应该做的思忖。”

蓝衣青年默然，过了一会儿又道：“虽然我无从出剑，但我感受到你与我一样，也缺乏拔剑的决断。”

关墨沉默了一会儿，说道：“不错。我平时与人交手，从不犹豫，当断则断，能当我一剑者寥寥无几。今日见你，却觉剑意受阻，道心不明，故久久未能拔剑，否则，你身上蓝衣早已在我剑下断成飞絮。”

蓝衣青年淡淡地说道：“那我们最好还是以出剑的方式进行一场思忖，不然在这里坐到天黑，恐怕都不会有什么解决的办法。”

关墨站起身来，水盆中的两条锦鲤不再首尾相连，继续在盆中纠缠在一起。他的目光从牌匾上收了回来，下一刻眼神如剑，已经盯住了蓝衣青年的眼睛。两双眼睛并无相似之处，但奇妙的是二人的眼神竟是如出一辙——枯寂、清虚、无生无灭。

关墨突然问道：“你手中剑，可是长孙增荣铸造的第二把惊世剑器——玄剑‘法眼’？”

蓝衣青年点了点头，应道：“正是。在下蓝玄镜，练剑二十五年，今日有幸，得睹天下第一剑之风采。”

关墨喃喃自语道：“不知同为长孙大师所铸的剑器，是否也能应声而断。”

蓝玄镜没有说话。风持续地从天竺溪方向吹来，也带来了食肆里生柴造饭的烟气。长空流云飘散，被风斩断，在夕阳的余辉中泛起了玛瑙般的颜色。寺里有成群鸟雀飞过，惊觉不对时，翅膀羽毛已被剑气撕裂，数十只麻雀从天而降，落到关墨与蓝玄镜二人之间的那一个刹那之时，关墨与蓝玄镜几乎是在同一个时光的逝点拔剑了。

“断空”与“法眼”同时出鞘！

一剑斩出，所到之处，就连虚空都应声而断，二人之间正在下坠的麻雀被切割成碎块，连带着二人站立着的土地，都被这一剑理所应当地斩成两半！

另一剑，却如游走在这世间的无常，剑锋如眼，深入光阴与虚空的肌理，在短短数个刹那的工夫里遍历了这不可分割的表与里，阴与阳，剑在光与影的缝隙中往返了无数次，像一首没有文字的诗歌被反复吟唱。

"断空"与"法眼'并没有相交，两柄剑上荡出的剑意与杀势却互相泯灭、吞噬，消亡在舍利塔与牌匾之间的狭窄空地之间。

只听"轰隆"一声巨响，狭小的空间承受不住这磅礴的剑意，开始逐渐崩塌。靠二人比较近的舍利塔首先崩碎，寺里的僧人听见声音赶忙从精舍里跑出来的时候，关墨与蓝玄镜的第二剑也出手了。

"断空"剑气如虹，斩断了蓝玄镜身后的明黄寺墙，蓝玄镜"法眼"一滞，往后飞退，蓝色的衣襟上已经染出了红点。

关墨看上去并没有追击，只是迈着步子往前走，可是他距蓝玄镜一直不超过三步。蓝玄镜惊觉关墨一直在以剑意破空，二人之间的空隙在关墨"无物不断"的剑意之下分崩离析，所以无论他退得再快，都无法和关墨拉开距离。

心念一起，蓝玄镜便在瞬间止步。站稳身形的一刻，关墨的第三剑已经斩了过来。

"断空"如一柄切割世间万物的神器，就连光阴与虚空都逃不出它的惩戒。蓝玄镜从不知道居然可以有人将剑道的极诣发挥得如此淋漓尽致，这种道境的纯粹和精微，竟然可以在一时间凌驾于他通晓世间万法的"玄瞳镜剑"之上！

无物不断！

蓝玄镜开始觉得自己的身躯和意识都有分成两半的趋势。自从他剑术大成以来，还从未有过这种生死关头的危机感。

然而无论如何，都在"法"的笼罩之下，即便是道境巅峰，也不过是"道法自然"的一个细枝末节罢了。

我的玄剑"法眼"，便是我这一生对剑法终点的体现，是我的身体，我的呼吸，我的使命与权力，我要用这双剑眼，看破所有道法，乃至最后，我自身便成了法。

蓝玄镜的思忖一闪即过，比刹那还要快，也许更快过光阴，因为这一念在他开始前便消亡了。他的眼中已不再迷惘，衣襟上的红点也不再扩散，他已经从第二剑的失利中恢复了过来，身体与剑势圆融、无碍、欢喜，他一剑刺出，没有对着眼前斩来的"断空"，而是斜斜地刺入了虚空里一个奇妙、无常、稍纵即逝的时与势的奇点。

整个场景在瞬息间如一幅被人抖动的画卷，山门寺庙，落日黄昏，一剑断空，一剑如法，在时光还没有来得及移动的时候便被抖散了骨架，抖偏了位置，关墨一剑斩下，剑势却偏离了方向，将本来在他身侧的牌匾庙门瞬间切断。

黑色的屋瓦落下来，牌匾"吱呀"一声，分成两截而坠，关墨如遭重创，尚未来得及还剑归鞘，便一口鲜血喷了出来。

蓝玄镜的"法眼"还在空中，只是那一个刚刚被他刺中的神奇虚点已经永不存在了。他浑身大汗淋漓，几近虚脱，看上去也是不能再战了。

关墨反手将剑归鞘，看都没看他一眼，只是走上前去拾起地上断裂的牌匾夹在腋下，回头端起地上的水盆，缓缓地走出了永福寺的大门。

第二十一章 江山不老 胡桑不死

燕胡桑看着眼前这个曾经杀死自己父亲的人，那双眼睛里有着不容置疑的权威与道境平和的淡然。他在恍惚间又回到了二十几年前那一个干燥而悉索的夜晚，燕书寒一直将他送到府宅后院的小门处，用一种已经死去的眼神告诉他，人是可以先死而后活的，世家的传承也可以在默默无闻的苟且偷生后倏然光耀。

他后来才明白，那天晚上的干燥起因于围住整个燕府的火把，火焰在油布缠绕的木棒头处噼里啪啦地燃烧，照亮了燕府的院墙上每一处长日划过的痕迹。他在逃出苏州府之后的很多个夜晚里，也经常会看见那亮如白昼的景象。

迟重彻看着燕胡桑的眼睛，仿佛看到了一抹潜藏在眼底最深处的哀伤，但这抹转瞬即逝的情绪如同水底掠过的黑影，在被证实它存在之前就已经消逝在所有可见与不可见的印象之中了，这让迟重彻认为自己有可能出现了误判。他朦胧间觉得燕胡桑很像一个人，那个人自己应该很熟悉，且打过交道，甚至还有可能超越了口头和礼数上的交情，以彼此的武道互相进行过切磋应证。这个人就像是一个游移于自己记忆中没有面部的身形，庞大而轻浮，与梦中其他空散的巨大阴影一样，是波浪卷起时隐于其中的不存在的鱼。

两人对视了大约三个弹指的工夫，彼此从互相的眼睛里都看到了一些深入骨髓的特质和平日里被浮华的世事遮掩的真实。靠在迟重彻身边的小无颜有些无聊，自顾自扭过身去看大厅里燕笑我和"八风不动"的对战。

八名拳师已经尽了全力，八个人的拳法合在一起如同一座飓风的牢笼，想要困住风眼里爆发出惊人威势的燕笑我。他们的拳在还没有触碰到燕笑我身体的时候就被他波纹式的气劲拦截，失去了力度和准头。同样燕笑我"死水微澜"的波动未能越过八人便已被八人的拳风所灭，在包围圈中只留下了如同呼吸般的微动。

叶落然与南宫引站在人群的最前处，南宫引身旁是一脸萎顿的南宫琴。迟家应变极快，南宫琴甫一受伤，很快就有人送来了内伤药，加上南宫引替他以清平乐的琴音调理了脏腑，疏解了淤积的经络，所以南宫琴倒无大碍。南宫引本想带着儿子赶紧离开，却被叶落然拦住，叶落然让他等一等，最起码看看迟重彻最终会如何解决这厅里发生的事情，难道他真的就看着自己儿子被燕胡桑打伤而就此作罢么。南宫引想想也是，反正南宫琴的伤势已经被控制住，急也不急在这一时半会儿，便留了下来，等着看事情之后的发展。

叶落然眼睛盯着厅中的战局，小声对南宫引说道："南宫兄，你看是迟家八位拳师胜，还是燕云教那个小子赢？"

南宫引沉着脸，闷声说道："要我说，肯定是迟家胜，这小子实力再强，难道还能敌得过八人围攻么？"

叶落然摇了摇头，用手遮住嘴，在南宫引耳边低声说道："未必啊，南宫兄，你看，那八位拳师形成的包围圈越来越大了。"

小无颜这时候也用手拉扯迟重彻的衣摆，童音稚嫩地说道："爷爷你快看，咱们家的拳师要败啦！"

迟重彻和燕胡桑这才将注意力投入到燕笑我和拳师的战局之中。只见八名拳师逐渐往后移步，中间的燕笑我一动一静之间吞吐愈来愈剧烈，八人的拳压已经抑制不住"死水微澜"的波动，不得不向后退却扩大圈子范围才能勉强接的下他一波又一波的劲气。

迟重彻一眼便看出来战局的形势，扬声对八位拳师说道："好了，你们退开吧。"八位拳师没有任何犹豫，收手后跃，被压抑已久的燕笑我陡然压力一轻，"死水微澜"

的波动暴起，竟如海潮一般向整个揽湖轩扩散开去。

白色的人影一闪，迟重彻已经拦在了这一波劲气的最强处，右手随随便便一拳击出，本来如涟漪泛开的叠浪劲力霍然倒卷，处于波纹中心的燕笑我如受重击，在迟重彻一拳之下飘渺如浪尖上的浮沫。

迟重彻并未想伤他，只是要抵消他的劲气以免伤了其他客人，并趁机给他一点教训，待燕笑我支撑不住的时候他便会收回拳劲。岂料就在燕笑我快要站立不住之际，迟重彻的拳头前面突然出现了一个高大的黑衣男子。

燕胡桑冷冷地对迟重彻说道："就算是在你迟家，你迟重彻也没有资格当着我的面来教训我的儿子！"

说完这句话，燕胡桑整个人在迟重彻的眼前就寂灭了。在那一个刹那，迟重彻的眼里好像失去了燕胡桑这个人，只剩下一个黑色的、空洞的虚点。没有呼吸、没有温度、没有寸动、没有一切与存在相关的证明。燕胡桑像成为了这个大厅里一个非独立于大厅的静止的截面，在这一个刹那里，他没有生与死的宿命，没有爱与恨的分别、没有静与动的对立，他是所有存在与不存在的起源，但同时也预兆着万物的终点。

然而在下一个刹那，这个黑色的、空洞的虚点，却以一种无法用言语形容的声势和速度在如花开一般绽放的时光中爆发出剧烈得好像存在了一万年的波动！

迟重彻面对着这犹如比亘古还要遥远的亘古传来的枯玄寂灭之后的旷世波澜，露出了从所未有的欣喜之色。他内心狂喜！这是一个绝世武者遇到另一个绝世武者之后方能体验到的破妄欢喜。所以他握紧了他的拳，他要用他的道意来致敬这一记石破天惊的"死水微澜"。

揽湖轩里的所有人仿佛看见迟重彻一拳就擂在了这个悠悠尘世的脊梁上，而他对面的燕胡桑，也伸出了拳头，以拳对拳，与他硬拼了一记。

二人的身形都晃了一晃，揽湖轩里众人也仿佛都晃了一晃，更有人觉得，就连厅外的尘世，都好像也晃了一晃。就在众人尚沉浸在迟重彻那一拳灭世的幻象中时，迟重彻已一指点出，指意破空，跃出揽湖轩，越过回廊，越过所有墙壁与屏障，点在了这个如诗烟一般梦幻的江山之上，如点中了一朵空花的额头。

而燕胡桑也出了一指，接下了迟重彻这一指点中的江山。

叶落然和南宫引都瞪大了眼睛，不敢相信眼前发生的现实。迟重彻拳指双绝，纵横武林三十年，纵然不是武林第一人，但若要论拳法和指法，当下还真的没有谁可以与他相提并论。叶家也以指法著称，叶落然自己精研的"叶落禅指"也享誉江南，可他知道自己在迟重彻手下恐怕根本就接不下他的"指点江山"。

刚刚迟重彻拳指皆出，均没有留手，而燕胡桑却以拳对拳，以指破指，不但接住了迟重彻的"拳倾天下"和"指点江山"，而且好像还完全没有什么吃力的样子。

叶落然和南宫引不禁都觉得自己还是小看了燕胡桑。

场中，迟重彻和燕胡桑交手两招，都不再出手，只是静静地看着对方。小无颜这时候却跑过来一把拽住迟重彻的衣服，嚷道："爷爷你别打了，赶紧开席吧，我都饿了。"

迟重彻摸着他的头，温和地说道："好好，马上开席，不能饿了我们无颜。"他抬起头来看着燕胡桑，缓缓说道："燕教主如若不弃，不如坐在主桌与我共饮一杯。"

燕胡桑点了点头，回道："迟老爷子盛情难却，胡桑恭敬不如从命。"

迟家家丁急忙进来重新布置桌椅，不一会儿众人皆重新入座，而迟鸿轩、迟垣任、南宫琴被打伤的事也都没人提，南宫引看迟重彻连自己儿子受伤都没说一句，心想他更不会管别人儿子死活了。

迟重彻端起一杯琥珀黄酒，对着燕胡桑说道："恭喜燕教主有一个好儿子。"

燕胡桑举杯回道："也恭喜迟老爷子有一个好孙子。"

二人相视一笑，将杯中酒一饮而尽。酒过三巡，各桌的人也纷纷过来向迟重彻敬酒，敬完之后竟也有些人转而向燕胡桑敬酒，毕竟可以与迟重彻分庭抗礼的人也值得巴结巴结。寿宴结束，众宾客轮流告辞，而此时迟重彻却已守在府门，对着一众正要离去的宾客说道："各位回去的路上还要小心，道不好走，迟某不送。"

叶落然和南宫引、南宫琴走出迟府大门，却一下子被眼前的景象震撼住了。迟府外原本有一条柳树古道，道边是成荫的参天柳树。他们来的时候还好好的，现在却古道尽毁，路边的柳树根根从中折断，眼见着这一条通道就这么被柳树枝条全部掩埋了。原来迟重彻与燕胡桑交手时生怕震毁了自家屋舍，所以特地将交手的余势转移了出去，迟府内一片完好，可这岁月不老的垂柳古道却就这般毁于一旦了。

叶落然和南宫引对视了一眼，苦笑了两声，吩咐调转车头，绕远路回家去了。

第二十二章 一经定山海

定都应天之后，太祖曾亲自将二位丞相请入宫中，当面征询过他们的意见，好为二人分封府邸。徐达一介武将，喜爱大情大境，便上禀太祖，希望太祖可以将城东城墙边的一块地赐予他修建府宅，一来可以随时登上城墙纵览京师，二来距离皇宫不远，可以片刻不离地侍奉在太祖身边。太祖允了。

李善长则看中了城南剪子巷里的一块地。他从小饱读诗书，文气惊人，知道剪子巷曾历经晋、六朝与隋，且距离自己心向往之的王导、谢安故居不远，巷内有诗书文眼，宜于建宅安家。太祖笑着允了他，并赐了他一对琉璃玉燕，寓意王谢堂前的燕子，今时今日已飞入了他中书左丞相李善长的家中了。

李府建成后，李善长为避嫌，未请朝内任何官员来府庆贺，徐达则大操大办，不但请了朝内同僚，还将军中一些曾出生入死的老部下请来共谋一醉，声势之大，在应天府也是绝无仅有。李善长本就鄙夷军伍出身之人的粗野，而徐达这样不知收敛的武将习气也令他不喜，故徐达的请帖送到之后，他称病婉拒，只差人送了些贺礼与祝帖过去。

他中书左丞相的府院，与徐府相比，可就清净安逸得多了。

辰时一过，一抬四人小轿缓缓地从剪子巷的东首进来，慢慢地行至巷中李府大门后落轿，李善长便从轿中迈步出来。管家李奇庵早已守在府门口，见李善长出了轿便赶忙迎了上去。李善长问道："饭菜都准备好了么？"李奇庵回道："准备好了，相爷，刚刚做得，都是热的。"

　　李善长快步穿过前院，进入正厅，只见桌子上已经摆满了精致的青花小碗盛装的各色小点。有鸭杂粉条、虾米小馄饨、鸡汁回卤干、雨花石汤圆、糯米蒸糕、肉汁闷萝卜、什锦拌菜，还有一小碗点缀了葱花的猪油阳春面。

　　太祖上朝很早，天刚破晓百官便要进午门等候，即便是他也不敢怠慢，故早饭一定是没得吃的。所以每天常朝之后回府的这一顿早午饭，便是李善长雷打不动的惯例。他出身贫民，从小吃不饱穿不暖，可他却有着一张老饕的嘴。身世显赫之后，每到一处，便要品尝当地各色小吃名菜，对吃的爱好愈演愈烈，至今甚至已经超越了他对诗书的喜爱。

　　应天府地处江南，稻米兴旺，鱼虾富足，在吃食上，可以说是满足了李善长最大的一个爱好。来自于苏杭一带的特色风味在京师也很盛行，所以每天早上巳时一起，便是李善长一天中最快乐的时光。他正在吃着一碗鸡汁回卤干的时候，伺候他用饭的李奇庵拿进来一块干净的热毛巾，躬身站在他身边对他说："相爷，王鸠郡知道相爷在用饭，说在偏厅等候，待相爷用完了再进来禀报。"

　　李善长嚼着嘴里的豆腐干，喝了一口点了辣油的鸡汤，说道："让他进来，打什么紧。"李奇庵便放下热毛巾去了，不一会儿，王鸠郡便走入正厅，站在桌前，拱手说道："相爷，照您的吩咐，徽州木家我已派人去了一趟，木家愿效忠相爷，自今日起听候您的差遣。"

　　李善长头也没抬，扒拉着碗里的鸡杂，含含糊糊地说道："'千影佛手'安顿好了么？"

　　王鸠郡答道："已办妥了，他很感激相爷赐给他的宅子，本是说不收相爷赏给他的一万两银子，后来我说相爷说了，你为了保护相爷，被张求剑削去了双手，这点银子就当是治伤的药费吧，他才勉强收了。"

　　李善长点了点头，沉声说道："为了我而失了双手，不能让人家寒了心。"

　　王鸠郡低首应道："是。"

李善长端起那一小碗的阳春面开始吃起来。吃了两口，他突然停下筷子，问道："这几天左丘是不是回来了？"

王鸠郡回道："是的，相爷。左丘会主前日已回京，听说在回京当天遭到不明高手伏击，发生激战，连飞鸿会对面的古鸡鸣寺都被毁坏殆尽。"

李善长"啪"地一声把筷子重重地拍在桌上，怒声喝道："好你个徐达老驴！不但暗中派人行刺我，就连我一手培养起来的势力都想铲除吗？做你的春秋大梦！你这次回京，就别想活着离开！"

王鸠郡连忙道："相爷息怒。左丘会主武功高绝，并未受到什么损伤。只是听说那伏击之人正是从玉门关带回来的失心疯，也就是徐达信中所说的'十二皇子'。"

李善长怒道："息什么怒？我还不能发怒了么！？徐达老驴假传情报，意图行刺朝廷重臣，我这就去禀报圣上，看圣上如何定夺！"

王鸠郡急忙回道："小人不敢。相爷当然可以发怒。只是徐达安排此人一路假装失心疯，回来后也不发难，却是等到左丘会主回京独自一人的时候才出手袭击，想来也是十分蹊跷的事情。"

李善长怒气稍减，从桌上拿起筷子，继续吃碗里的面。吃完了面，他放下碗筷，用热毛巾擦了擦嘴和手，问道："可问过飞鸿会，他们那里丢了什么东西么？"

王鸠郡尚未开口，一个温润平和的声音突然在他的身后响起："东西没丢，却是多了一样东西。"

李善长耐着性子说道："左丘你就别卖关子了，快说说是怎么一回事。"

原来左丘飞鸿不知何时已经进到了李府的正厅。他微微一笑，从怀中掏出一本书卷，上前递给李善长。李善长定睛一看，竟是一本宋时大学问家舒雅编纂的《山海经》古本，纸卷发黄，看来是久经了风霜。

李善长疑惑不解地抬起头来，问道："这是？"

左丘飞鸿缓缓说道："这便是那个人在我会中留下的东西。他与我交手时出现的山海共景之象巍巍壮观，应当是源于对《山海经》的体悟而成武。只是以此人的身手来看不会如此默默无闻，可我派人四处打探，都未能查到此人一丝一毫的过往。”

李善长沉吟良久，看着左丘飞鸿，问道：“如若放手一搏，左丘可能胜之？”

左丘飞鸿沉默了一会儿，叹了口气，说道：“我左丘飞鸿此生未曾在武道上服过谁，即便强如唐白木或者关墨，我也有信心战而不败。只是此人与我交手时只运用了‘山经’与‘海经’的道意，《山海经》中最瑰丽玄奇的‘大荒经’却未出手。与我交手时仍能不尽全力的人，非左丘自负，江湖中我实在想不出来还有谁能做到。如若放手一搏，我委实没有胜出的把握。”

李善长沉声说道：“那么徐达回京后，如果有此人守在身边，要杀他岂非就难如登天？”

“相爷宽心，”左丘飞鸿淡淡地说道，“依我所见，此人应当不是徐达的人。否则行刺相爷当晚，此人与‘刻舟求剑’同时出现，即便有关墨在场，恐怕也于事无补了。”

李善长重重地吐出一口气，苦笑着叹道：“那此人究竟是谁？”

第二十三章 刀尽极致 剑入空门

　　日上三竿，应天府的城门处人流络绎不绝。作为大明的京师，每日里城门都会进入很多外阜的行商、学子、富甲、官衙，也会外出很多游民、差办、僧侣、儒师。所以应天府城门口的守门卫兵每日便担着很大的担子，寻常值卫时，见有携刀剑武器者，必定拦下细细盘问，见有往来马匹车辆货物时，也一定会对所载物品详细查验。除非有些人手执一品大员及皇室宗亲赐予的过关手牌，可以携带武器与货物免除检查，其余人等，便没有这么方便的渠道了。

　　已近冬至，应天府今日的天气却出奇得好。日光透过奇芳阁的飞檐落在城门里的长街上，像斑驳而突兀的刺。正对着这根明亮狭长的光刺，一个头戴斗笠、身穿麻布粗衣，背后挎着一把长刀的男子，在临近午时时分走进了应天府的城门。

　　守城的卫兵立刻拦下了他，要求他摘下斗笠。男子站住了，伸手摘下斗笠，露出了自己一头灰白的长发和梳理整齐的灰须。他的面容沧桑却不失活泼，眼睛深邃又带一些顽皮，在城门里，他站立的地方如一处幽林，好像身边熙来攘往的人群及冲他发号施令的卫兵与他之间隔着一层缓慢的丘壑。

　　"你为什么带着刀？"卫兵大声地讯问他。

　　"我是一个使刀的武者。"灰发男子沉声说道。

　　"用刀？别人用剑你用刀，你是有多了不起么？连我都知道，当今武林以剑为尊，用刀的都是不入流的货色。说，你这不入流的货色，带着刀来京师是干什么来了？"

　　灰发男子笑了。城门外阳光虽好，城门下却是一片照射不到光线的阴暗角落。

他看着眼前那个趾高气昂的卫兵，笑得非常的开心，有些戏谑地回答道："我就是带着刀来京师，找到那些觉得刀不入流的人，并且告诉他们，他们的看法是多么的可笑。"

"不服气是么？啊？是不服气么你？！"卫兵觉得自己的威严遭到了蔑视，开始高声聒噪起来。"你还别这么犟我告诉你，你要这么说话，就解下你的刀，我让你带不了刀进门！"

"哦？"灰发男子渐渐地收起了嘴角边的笑容，有些认真地说道，"你要我解下我的刀？"

"耳朵聋了么你，我再跟你说一遍，解下你的刀！你的刀进不了这扇门！"

灰发男子的脸阴沉了下来，是这本来就阴暗之处里的一抹乌云。他看着那个满面凶悍的卫兵，缓缓地说道："曾经有三个人让我解下我的刀。第一个是玄武剑阁的大剑师江密章，最终他死在了我的刀下，我还连夜单刀杀上玄武剑阁，灭了这个虚有其名的宗派。第二个是如今昆仑派剑阁首座抱朴子的师父慕望伦，他因为他的这句话而失去了右臂，提前归隐，成为了昆仑派一名无颜提及的剑道名宿。第三个人是当世女子剑客中首屈一指的'我剑尤怜'卢曾嬷。她当日对我出言不逊，我以刀败之，此败机缘巧合下助她破了妄念，闭关两年，成就了今日她当世第一女剑客的地位。而你，"灰发男子微微眯起了眼睛，盯着卫兵那圆睁而无神的眼睛，继续说道，"会不会成为第四个人呢？"

卫兵还待出言不逊，突然有一只手搭上了他的肩膀。他回头一看，正是永远一身白衣如雪的白日依山尽。自从成为李善长的贴身四近侍之一后，京师上下权贵、帮派、官衙，几乎已经无人不知道他了。卫兵虽只是一个守门兵卫，可也有一个"小旗"的军职，管理守门的十名士兵。他平日里也喜欢打听京师里的权贵轶事，并热衷收藏那些被京城画匠画影描形的知名人像，这其中便有飞鸿会里的各门人物。

白日依山尽见他迟疑，便从袖笼里掏出一枚手牌，手牌上是一个"相"字。卫兵再无怀疑，战战兢兢地不知他为何而来。白日依山尽收好手牌，不再理睬卫兵，上前对着灰发男子躬身施了一个大礼，开口说道："岂师驾临，未能远迎，请恕白日怠慢之罪。"

他受左丘飞鸿安排，前几日便守在城门口，等待岂子道进入京师。当日吴弹笛与岂子道深夜一叙后，岂子道还是放不下心头最挂念之人，第二日便安排了流寇联盟的事务，返回中原。而吴弹笛也随即向飞鸿会发去了五百里急件传书，左丘飞鸿已然先一步获知了岂子道即将归来的消息。

岂子道微微点头，却仍然对着那名已经瞠目结舌的"小旗主"缓缓说道："你还没有回答我的问题。你是不是第四个要解下我的刀之人？"

卫兵惶恐地回答道："不不，我我，咳咳，刀很好，唔，我意思你的刀很好，不用，不用解，请进，请进。"

岂子道还是很认真地问道："那么我这个不入流的货色可以带着刀进京师去找那些觉得刀不入流的人了吗？"

卫兵一脸的尴尬，不知所措地回答道："可以，哦，不不，你很入流，流得很。咳咳，使刀的都很入流，你去找，找那些没见识的，唔，唉，是我不入流。"

白日依山尽说道："岂师尽管入城，不用和这些小人一般见识。"

岂子道叹道："京师，多年未来，当初的秦淮妙境，而今也已成了冠盖京华了。只可惜无知无趣的人还是很多，这一点倒是没有任何变化。"

二人沿着城门正对的官道走入京师的街头，阳光投在街道上的光刺也变换了方位与形状，似是跟随在他们身后的虚实幻影。路过奇芳阁，岂子道突然说道："好久未吃到奇芳阁的绿豆糕和冰糖银耳莲子羹了呢。"

白日依山尽伸手做了一个手势，路边阴暗处自有身穿白衣的人进入奇芳阁，不一会儿就端出来一碗温热的银耳莲子羹和一个木制锦盒。白日依山尽打开锦盒，里面是六块芳香扑鼻的翠绿软糕。岂子道深吸了一口气，不禁叹道："绿豆的清甜里加了桂花的香浓，委实是人间极品。"说着他便拿起一块放入口中细细咀嚼品味，随后接过银耳莲子羹大口地喝起来。

白日依山尽说道："岂师但凡有任何想吃想玩之物，尽管告诉白日，我自会安排下人去办。"

岂子道嘴里嚼着甜糯的桂花绿豆糕，"呜呜"地应了几声，却并未说话。白日依山尽见他吃得投入，微微一笑，继续说道："左丘会主与我提起过岂师，说岂师当年一刀无敌，与会主并肩作战，创立了飞鸿会。那时我们七门门主尚还年幼，未能亲睹岂师之风采。如今岂师归来，恰逢飞鸿会如日中天，独步京师，亦是相得益彰。能得岂师助力，飞鸿会定会大势中原，有朝一日，凌驾于蜀中唐门之上，也是未必不能达到的境地。"

岂子道咽下最后一口银耳莲子羹，用袖子抹了抹嘴，将碗递回给白日依山尽，漫不经心地问道："你的剑是谁教的？"

白日依山尽正色道："晚辈使剑，是因会主引导。会主当年选出我们七人，因材施教，因才而导，少年时用剑曾师从栖霞剑盟，学习了一些剑法的基础。后会主教导我们反观自身，自研所学，故十二岁后，晚辈所习剑法皆为自我研习之术。"

"那么，左丘飞鸿可曾教导你，无论剑法技巧、架构如何，使剑之人的剑道本心当如何自处？"岂子道看着落满银杏的长街，淡淡地问白日依山尽。

白日依山尽答道："剑道一途，唯有诚心、正意、通达、回转，力求剑心通明，但同时又不锋芒毕露，反伤自身。变化多端时求一线秉执，不变如律时求一丝圆融，是为剑道之根本，与剑客之自处。"

岂子道微微叹息道："这么多年下来，左丘飞鸿还是那个左丘飞鸿，因势利导，左右逢源，凡事不到极致，只求表里圆融，这便是我与他当年决裂的根本原因了。"

就在岂子道与白日依山尽在长街论剑的时候，一个蓝衣如瀚海的执剑男子，正缓缓地走上鸡鸣寺的山门。

　　跨过山门，他眼前是一片废墟，原来矗立的各大佛殿已不复存在了。他只看见一片废墟中有一个独自敲着木鱼的老僧，于是他走上前去问道："大师在何处念经？"

　　老僧不曾张眼，只是说道："佛在哪里，老衲便在哪里念经。"

　　蓝衣青年问道："废墟中可有佛么？"

　　老僧回道："佛本无常，心念化之。"

　　蓝衣青年躬身施了一礼，说道："在下蓝玄镜，素来仰慕我佛。今日听大师言语，深觉不凡，请问大师可是这里的住持悲卫禅师吗？"

　　老僧睁开双眼，禅意如露亦如电，扫过蓝玄镜，蓝玄镜亦觉得如被佛陀拈花微笑，心底不自觉地生出膜拜之意。

　　"老衲悲卫，亦不是悲卫。施主玄镜，亦不是玄镜。人本无常幻化，在佛陀眼中，一个弹指间人世已灰飞烟灭，一个弹指后人世亦平淡如常。上一个刹那的老衲已入寂灭，下一个刹那的施主已获新生。故我是悲卫亦不是，你是玄镜亦无定。"

　　蓝玄镜只觉心中禅境平和，眼前虽废墟一片，却仿佛是自己从未入过的玲珑妙境。他谦声说道："敢问大师，何为法眼？"

　　悲卫禅师反问道："何为空？"

　　蓝玄镜一时间语塞，竟不知该作何回答。悲卫禅师闭目半晌，终开口说道："是空。"

　　蓝玄镜浑身一震，如被醍醐灌顶。他腰间玄剑"法眼"霍然自行出鞘，迎空旋舞，在鸡鸣古刹的废墟之上一剑没入下一剑的缝隙，斩断了上一剑与下一剑的联系，刺碎了光影与风势的夹角，刺入了"无分别、无执着、无表里"的圆融空境，玄剑"法眼"在鸡笼山上的禅院内忽隐忽现，无首无尾，恍若一枚真正洞悉了禅学玄境的清净法眼。

　　他与关墨一战后憋闷异常，究竟是赢是输，他自己竟也拿捏不准，只是关墨的"断空"道意对他造成的威胁和伤害从所未有。他受灵隐寺住持所荐，特意来京师古鸡鸣寺拜访悲卫，以求所获。此番谈话后，他已无谓胜败，只是在"法眼"通明的大欢喜中沉浸逍遥。

　　白日依山尽和岂子道正巧走到鸡笼山下，二人猛抬头，看着鸡鸣寺上盘旋的剑意，岂子道喃喃说道："此剑意已如天成，亦如禅境，委实令人钦佩。"

　　白日依山尽没有说话，只是紧紧地握住了自己的剑柄。

　　鸡笼山顶，飞鸿会总会府里，左丘飞鸿也抬起了头，默然注视着鸡鸣寺的方向，似乎心有所得。正在这时，有手下人进来禀报，白日依山尽已带着一个灰发男子进入会内了。

第二十四章 我本洒脱 谁欲修魔

岂子道进入鸡笼山山道的时候，左丘飞鸿正在手中把玩一个红色的木雕漆器小人。小木人头挽双髻，面露笑容，一身红衣鲜艳，俨然是一个珠圆玉润的女童。他反复摩挲着小木人的面部，好似有什么东西挡在小木人的脸前。左丘飞鸿凝视良久，突然反手将它纳入袖中，站起身来，此时白日依山尽和岂子道已经跨入了飞鸿府的厅门。

岂子道摘下头上的斗笠，露出自己灰白的发须与在边塞草原上被风霜蹉跎的面孔。左丘飞鸿静静地与他对视了一会儿，终于开口说道："你回来了。"

岂子道冷冷地说道："我本不想回来的，只不过有人用卑鄙无耻下三滥的手段要挟我，我才不得不从我眷恋的边塞草原回到这各怀鬼胎的京师，站在这不知用多少性命和鲜血浇筑而成的飞鸿会会府的厅堂里，见到了我此生不想再见到的人。"

左丘飞鸿默然半晌，缓缓说道："子道，我知你是一个率性洒脱之人，你我二人当初携手纵横，打下了飞鸿会的根基，如若你不离开，我敬你是兄长，而今这个帮派的招牌可能并不会是飞鸿会，而会是子道盟或者子道会。只是一个帮派的发展并不像你所想那样快意枉为，身在这个权势、兵马的漩涡中心，没有一个势力可以独善其身，而妄自坐大。我们都必须依附朝廷或当权者才能不断扩张、拓展，才能将我们的势力遍布在中原大地，才能将我们的宗旨和意图传播于人心。你当初与我不睦，主要是因为我依附于李善长，为他建立自己的权威和地位做了一些你无法认同的事情。然而我并不后悔，我自从一开始创立飞鸿会，便已经没有了独善其身的想法，我左丘飞鸿是飞鸿会的左丘飞鸿，为了飞鸿会的强大，作为会主，我可以去做很多别人觉得有失公道的事情。"

岂子道冷笑道："你当然可以。当年若不是你暗中与李善长密谋将我扫地出门，不但格杀了誓死效忠我的一众兄弟，还与李善长麾下几名至今我都没查出底细的高手合力将我击伤，虽然你最后良心发现，没有对我下死手，放我离去，但你的所作所为委实已经冷酷无情到了极致。你我今日没有旧情可叙，只有旧怨待了。我当初在中原无处容身，只得远走边塞，蛰伏这么多年，全都是拜你所赐！今时今日，你非但不思悔改，还用我至亲至近之人来要挟我，你果然还是当年那个左丘飞鸿，一点都没有变。"

左丘飞鸿淡淡地说道："我说过，为了帮派，我可以做很多事情。你当年恣意妄为，不但胡乱出手，得罪官府，还酗酒闹事，情留秦淮烟花柳巷。你可知那些河岸边的妓院和妓女背后，是什么样的势力和人物。要不是我请求李相，私下为你解决了这些祸端，飞鸿会在应天府可能早就不存在了。我当年也劝过你，可你说人生在世，若不能趁势尽欢，死时定会无穷遗憾。我无法改变你的行为和想法，便只能出此下策，以免你将我们倾心创立的组织毁于一旦。那一晚，我本来是准备杀了你以绝后患的，只是末了看到你挣扎求生的眼神，不忍下手，这才放任你逃离了应天。子道，你可以当我是仇人，你也可以在将来漫长的岁月里一直来刺杀我，只是当下你要帮飞鸿会做一件事，做完此事，你便不会再受任何拘束了。"

岂子道双眼圆转，却怒极反笑，问道："左丘飞鸿，抛开你我之间仇怨不论，你可真算得上是一代枭雄。好！此间事了，我还倒真要找个机会与你一了当年的恩怨！说吧，我哪一个至亲之人在你手上？"

左丘飞鸿平静地看着他，右手一翻，手中便出现了那个红色的木雕小人。

岂子道目光落在小人的身上，面色大变，颤声道："这是 … 这是我当年为瑶儿亲手雕成的木人儿，难道 … 你找到了她？"

　　左丘飞鸿将木人儿交到他手中，沉声说道："你当年与微生瑶两情相悦，本应是武林中一段佳话。只是你太过恃才傲物，流连烟花女子对你的仰慕，对她忽冷忽热，若即若离，而且经常夜不归宿，回来后身上又带着别的女人的脂粉香气，微生瑶不堪忍受，终离你而去。只是她运气不好，在两湖一带游历时遭遇东湖帮一名好色的帮派供奉，欲纳她为妾，她抵死不从，只是她虽暗器精妙，但终归寡不敌众，最后自刎于东湖。一代暗器名家便这样撒手人寰。"

　　岂子道紧紧捏住手中的木人儿，双目血红，以一种悲哀莫名的声音说道："她死了，她死了。可我还以为她仍活着。左丘飞鸿！"他两只血红的眼睛死死盯住左丘飞鸿，几欲滴血，"瑶儿已死，你还拿这个给我有何用！"

　　左丘飞鸿微微地叹了一口气，轻声说道："子道，你可知微生瑶离开你的时候，已经怀了身孕。"

　　"什么！？"岂子道不禁失声说道。

　　"她生下了这个孩子，并将这个孩子托付给了她在江西的远亲。我后来派出蓝门的蓝衫经雨故将微生瑶离开你之后的所有事情调查了清楚，最终在鹰潭找到了你与微生瑶的这个女儿。这个红漆木人儿便是微生瑶留给她的玩物。听她远亲所说，微生瑶特意为这个女儿保留了你的姓氏，取名岂明玖，寓意在女儿长大之后，可以有一段长久而玉制的感情。所以，子道，你的女儿岂明玖已经十六岁了。"

　　岂子道浑身一震，血红的双眼逐渐迷离，显然还没有完全接受这个事实。

　　左丘飞鸿见他不语，便继续说道："当年你与微生瑶在一起时，我也敬她如嫂，她待我也非常之好，现在想来，亦觉温暖。后来，蓝衫经雨故传回来她死在东湖帮手下的消息，我便派出了精锐，将东湖帮整个剿灭了，连带他们所有的归隐名宿，这其中便包含了当年欲凌辱她的供奉。东湖帮于这世间，已不复存在了。你岂子道没有帮她报的仇，就由我左丘飞鸿来帮你完成了吧，毕竟，我欠你的太多了。"

　　岂子道陷入了一种各类情绪胶着的状态。从他的眼神和表情里很难分辨出他究竟是悲哀还是愤怒、惆怅亦或懊悔。这种复杂的、发自内心最深处的情感随着他的呼吸被传达出来，在整个飞鸿会的大厅里如时而扩张、时而收缩的气潮，外端的潮绪散了出去，影响到了站在大厅一侧的白日依山尽，于是就连白日依山尽的心里都开始有了一些说不清道不明的忧郁。

左丘飞鸿双手负后，站在大厅的正中处，如这个场景里唯一没有任何表与里波动的事物。他与岂子道二人一动一静，宛如阴阳太极图中的两个极点。白日依山尽看着这二人，心想如若这二人可以联手，天下也不知还有谁可以抵挡得住他们的合力一击，无论是武道上，还是帮派的纷争。

岂子道沉默了很长一段时间，直到自己的呼吸不再惊得厅里墙上的画轴"哗啦"作响。他抬起头来，眼神已恢复了平和，面容也不再纠结，只是有些疲倦地问道："我女儿现在在哪里？"

"在一个很安全的地方，蓝衫经雨故已经将她安置妥当。"左丘飞鸿微笑着说道，"我答应你，一旦你帮我完成了这件事情，我便让你们父女团聚。之后你们想去哪便去哪，谁也管不了你们。"

岂子道说道："以你们飞鸿会现在的势力，几乎没有什么完不成的事情。除非是要对付京师中的某个当朝大员，你们与李善长走得太近，不方便亲自出手，而这个大员身边肯定也是高手林立，所以才会特地从边塞把我招回来，为你们出手。"

"不错。"左丘飞鸿语气中满是赞赏，"子道毕竟是子道，什么都瞒不了你。此次行动，正是要去刺杀一位了不得的当朝重臣。此人之重要，在京师之中恐怕也没有人能与之相提并论。"

岂子道微微皱眉，问道："是谁？"

　　"是谁？"李善长坐在府内偏厅的长榻上，歪着身子翘着脚，问站在他身前禀报的王鸠郡。

　　"听左丘会主说，是当年以那柄不败长刀'修魔'横扫武林的刀道宗师岂子道。"

　　"岂子道，唔，左丘居然把他都找回来了。"李善长左手抓起榻边茶几上的冬枣塞进嘴里，对王鸠郡说道："你去和左丘安排一下吧。今日上朝，徐达已经上交了'大将军印'，圣上重重地赏了他，命他三日后午时去城东汤山随驾狩猎。这就是我们下手的好机会，你去和左丘商量一下行动细节，定下来之后再回来禀报。"

　　"是，相爷。"王鸠郡退出偏厅。管家李奇庵随后进来，李善长眯缝着眼，对着李奇庵喃喃说道："左丘飞鸿不愧是个大将之才，再加上个岂子道，飞鸿会以后恐怕会难以控制了啊。"

第二十五章 笔墨纸砚的挽歌

徐达将双手放进卧房里的黄铜水盆中，开始反反复复地洗起自己的双手。他每次紧张的时候，便会不断重复地做一件事情，直到情绪在一遍又一遍相同的进程中得到化解。盆里的水很热，是伺候他多年的下人根据他的喜好为他用冷热水调好的温度。他的手在水盆里很放松，他洗了很久，水渐渐冷了，他这才拿过盆边的干布擦净了双手，转身走出了卧房的门。

他有很久没有回过这个建造在城墙坡上、气势恢宏的右相府了。他看到院子里的花草长得很好，天井中水缸里的花白锦鲤变大了一圈，续弦的谢氏将下人们管理得井井有条，自己的长子徐辉祖也有了子嗣。右相府里一切都很安宁、祥和，如果待在这个府宅里一直不出去，根本不会觉得外面会有多么险恶的事情发生。

徐达今天醒来之后，没有觉得颈肩处的酸痛，这让他有些高兴。天色并不算好，日头没有能够穿透云层照射下来，空气里有阴腐的味道。他迈步走过院子，来到正厅里，看到刘客幽和唐南诗已经在正厅等候他多时了。

军伍出身的徐达习惯看到部下在集合的地点等待他，这是一个常年作为"大将军"南征北战之人的骄傲。即便刘客幽与唐南诗并非军人，而是武林中名跃八表的武者巨擘，但在他平定中原的魏国公面前，也必须低下头来，尊重他的身份与荣光。

徐达没有坐，他穿着贴身软甲，气宇轩昂地站在厅中，像极了一个即将出战的神将。刘客幽与唐南诗皆站起身来，徐达微微点头，对着刘客幽问道："都准备妥当了吗？"

刘客幽应道："车马已备好。由南诗先生、客幽、裁衣、褚师四人护送相爷至汤山围场。"

徐达"嗯"了一声，突然对着唐南诗说道："南诗先生觉得，今日徐某人被刺杀的几率有多高？"

唐南诗淡淡地回道："相爷每次离开府宅或者皇宫，都有相同的几率被刺杀。对于南诗与刘兄而言，也就是确保每次都能伴随在相爷身边罢了。"

徐达笑道："南诗先生精辟。"他转头对刘客幽说道，"时辰已到，我们出发吧。"

李善长坐在去往汤山围场必经之路的一个不起眼的小山坡上，身前是枯黄的顽长乱草。他身后站着王鸠郡和白日依山尽，还有三个看起来平平无奇的普通男子。其中一人双手奉上一支西洋传来的千里镜，李善长通过千里镜对着很远处的马道看了一会儿，口中赞叹道："这西洋的物事委实是神奇，竟能将极远处观察得如此清晰，的确不可多得。"他兀自夸赞品评了一番，突然对着身后的白日依山尽问道："左丘已将那个人安置好了么？"

白日依山尽沉声回道；"相爷放心，会主已将岂师安置在伏击点就位。"

李善长摸了摸下巴上的胡须，有些意味深长地笑道"十几年了，未能一睹当初'长刀不败，弃道修魔'的岂子道之刀法绝艺。今日此刀重现，希望还是不负当年盛名才是。"

白日依山尽没有作声，只是抬起头来，面色凝重地看着人迹罕至的山下古道。

　　徐达坐在宽大的马车车厢里，心神不宁地翻转着自己袖笼里的进宫手牌。他今日一早起来便隐隐觉得不安，但又不知道这种不安究竟来自于何处。他半生戎马，过惯了刀口上舐血的日子，率军出征时，也不知被敌军派人暗杀过多少次，但他从没有像今日这么心神慌乱过。是老了吗？他在心里问自己。也许只是今日压抑而粘稠的阴郁里，有着一丝常人无法探寻到的凶险之气吧。

　　唐南诗、刘客幽、陆裁衣，还有那个被刘客幽称为"褚师"之人，两前两后，骑在马上，分随于徐达的马车之侧。车头有车夫赶马，车尾部的外辕上还坐着两个徐府的下人。

　　"褚师"姓褚，名弦，是元时师从蒙古神箭手的中原人士，学得了蒙古人的箭术后，融于自身武学，自成一派，创立了名噪一时的"分曹射覆一箭门"，未曾想也被徐达收编，进入了以刘客幽主事的武者幕僚组织。

　　褚弦的背后，背着一张看上去灰扑扑的小弓。弓身旁边，便是一支黑色的箭筒。

　　当这辆马车行至西流坡下的时候，策马行在马车左前方的唐南诗突然一扬手，示意马车停下，自己却下了马，径直走到马车车窗边，平静地对车里的徐达说道："相爷，南诗从北平至京师，已跟随在相爷身边二十九日了吧。"

　　车厢里的徐达沉默了一会儿，说道："正是。"

　　"南诗这么多天来，在相爷鞍前马后，并没有什么举动值得相爷怀疑的吧。"唐南诗很认真地问道。

　　车厢里的徐达回答得也很快："没有，南诗先生所做的一切，都顺理成章。"

　　"相爷英明。只是现在南诗要去做一件事，相爷可能会觉得奇怪，但是南诗向相爷保证，南诗此举意在保护相爷，并且是为相爷此行打消重大隐患，还请相爷明白。"

　　徐达说道"南诗先生有什么事尽管去做，徐达相信南诗先生所作所为必有缘由。"

　　唐南诗不再说话，只是在车厢外行了一礼。他走到刘客幽的马前，对刘客幽说道："后面还要辛苦刘兄多多照顾相爷，南诗先去了。"

　　刘客幽在马上拱了拱手，说道："恕客幽不便下马。南诗先生保重。"他又压低了声音，对唐南诗说道："南诗先生，在左手树林深处召唤你的人究竟有多强？我们四人不能围而取之吗？"

　　唐南诗叹了口气，说道："此人之强已超脱了南诗的认知，只是他单独召唤我，却未露面，想来也许并不是为徐相而来。但谨慎为上，为了徐相的安危，各位还是莫要轻举妄动，以防被敌人趁隙得手。还是让南诗独自进去见他吧。"

　　刘客幽点头称是，不再多言。唐南诗一个纵跃便入了左边的树林，刘客幽挥了挥手，马车继续沿着道路往汤山围场行去。

　　唐南诗走进树林深处，只看见一个身穿素袍，如若览仙的男人正站在一颗榉树下等待着他的到来。却不是那个在鸡笼山上与左丘飞鸿酣战一场的"失心疯"是谁呢？

　　唐南诗在距离他三丈处停了下来，一瞬不瞬地观察着他所有的动作与表情。男子却只是随意地笑了笑，开口说道："唐家主别来无恙。"

　　唐南诗说道："去年一别，算来已近一年了。不知是什么风，把你也吹到了这高手云集的冠盖京华？"

　　那男子微笑着说道："我只是受人所托，特来此确保唐家主莫要插手今日之事。待今日事了，唐家主便可自由离去，我绝不阻拦。"

　　唐南诗瞳孔一缩，不禁问道："还有谁能使唤得动你？又是谁敢插手李善长与徐达之间的恩怨？"

　　那男子淡淡地笑道："自没有人能使唤得了我，我也只是还一还当年的人情罢了。而在这京师之中，李善长和徐达虽已位极人臣，可有很多事情，也不是他们俩能做得了主的。你说是吗，唐家主？"

　　唐南诗默然半晌，开口说道："家兄唐白木自去年与你一战后，便闭关不出，反思自身局限。我也派人彻查过你的底细，却毫无所得。以你如此惊世的武学造诣却没有丝毫身世线索，我思索过很久，愈发觉得你有可能是自海外而来的外域人士。"

那男子哈哈一笑，点头说道："不愧是江湖第一大帮派唐门的首脑，果然见多识广。不得不说，唐家主猜的已经非常接近了。"

徐达的马车在山坡下的古道上出现的时候，李善长已经快无聊得眯瞪了过去。王鸠郡在他身后小声地咳嗽了两声，李善长一下惊醒，抬眼看到了远处马道上的人影与车厢轮廓，精神一振，急忙举起千里镜细看，还忙不迭地询问身后的王鸠郡和白日依山尽："来了几个人？岂子道有没有胜算？"

白日依山尽沉声回答道："从身形、动作上看，应该是刘客幽、陆裁衣，和'一箭惊弦'的褚弦了。相爷宽心，会主与岂师已对这场暗杀做了精心的安排。"

李善长还待继续絮絮叨叨地问些什么的时候，他眼中千里镜里的景象却有了突变。

褚弦一直驾马走在车厢的右后侧。这是他一直强调的位置。作为一名神箭武者，他习惯于右手拉弓，那么整个队伍的右后角便是他最喜欢蛰伏的位置。自从唐南诗因故离开队伍后，他更加提高了警惕，对周遭五丈范围内的任何动静都不放过。练箭的人除了要有一双好眼睛，良好的听觉、触感、体知都缺一不可。

　　褚弦对自己的箭术极为有信心，在他的箭下确实也很少有活着离去的高手。他进入徐达的武者幕僚组织三年，也为徐达铲除了一些令人头疼的势力，深得刘客幽和徐达的赏识。

　　此时此刻，他已然释放出自己的箭意，在枝头与掩映的林间徘徊，整个人犀利得如一张饱满的弓，随时都可以射出石破天惊的一箭。

　　蓦然，他右侧的树林间有悉悉索索的声响。褚弦的眼睛还没来得及跟上声音传来处的那个物体的动作，身影一闪间，已将从树林的里面跳了出来。

　　他的眼睛没有跟上，可他的箭意已经锁定了目标。他根据声音与身影移动的节奏已经预判出下一个动作和攻击的时点。不知何时，褚弦背后的灰色小弓已经被他左手握住，箭筒里一支箭矢快到好像自己飞出来一般被他的右手搭在了弦上，那个影子刚刚探出林间枝叶的那一个刹那，褚弦手里的箭已经射了出去！

　　在他身前骑行的刘客幽却突然从马背上倒纵跃起，一个翻身，面朝褚弦身后，一掌击去！

　　然而他还是慢了半步。就在褚弦的全部身心尽皆托付在那一支一箭破空的箭矢上时，褚弦身后的虚空中却无端地出现了一个黑色的犹如这个阴郁天气里的结晶般的人影。这个人影出现的是那么突然，以至于褚弦在被这个人手里所执的巨斧割断头颅的时候，双眼仍然直直地盯着那一箭射去的方向，与脖颈分离的头颅上的眼神依然执着，看到的却是那支无可躲避的箭矢贯穿了一只灰毛猕猴的身体。

　　巨斧一闪而没。

　　刘客幽一掌击在了空处，翻身落在地面的时候，褚弦的尸身正缓缓地从马背上软滑下来。刘客幽来不及感到痛心，他刚才那一掌扫过了暗杀者的身体，已经震伤了他的脏腑。暗杀者的影隐法很精妙，可他仍然感受到了持巨斧者的动向。他要趁这个机会一举格杀了这个人。

　　就在此时！

一柄不知从何处而来的长刀，如同要连带着这个山坡之间的所有丘壑一同砍断的架势，已经一刀对着马车就这么无法无天地砍了下去！

这一刀砍出的弹指间，坐在车厢里的徐达突然明白了自己从早晨以来一直心惊胆战的缘由。他平生见过数不尽的长刀，有些刀大如斧锤，有些刀小而锋利，这些刀被一些军人和武者拿在手里，威严、霸势、刀光森寒，但他从未感到过恐惧。事实上，已经很少有人或者兵器可以让他感到恐惧，即便强如刘客幽或者唐南诗，出手如道，韵味深长，也只是让他赞叹欣赏，而无畏惧。

只是这一刀，却完全与"道"南辕北辙，这一刀劈出没有道意，却是煞气侵体，不寒而栗！

刘客幽返身。他不能让这一刀砍上徐达的车厢。只是陆裁衣一直镇守在车厢边没有动，所以比他快了一步，拦在了这一刀之前。

陆裁衣的兵器是一把铁尺。铁尺迎风挥出，发出清亮的器音。陆裁衣用手中的铁尺，硬接了这一刀。刀光一闪。铁尺应声而断。陆裁衣被刀气斩入方寸，身体后退，重重地撞在车厢侧面，鲜血自胸口刀痕处"噗嗤"一声飙了出来。

他接住了这一刀，只是下一刀，却是再也无法接的下了。

长刀回转，刀柄的后面，是一双异常稳定而宽大的手。手的主人，是一个须发皆白的中年男子，站在有微微冷风的阴郁里，像一个历经了沧桑和风霜的杀神。

刘客幽拦在了陆裁衣的身前，看着眼前的长刀和持刀的男子，朗声说道："'长刀不败，弃道修魔'。未想到十年前便在中原销声匿迹的刀道宗师岂子道今日现身此地，客幽不才，领教了。"他转头对身后的陆裁衣说道："带着相爷骑马离开！快！"

岂子道长刀一横，淡然说道："能接我一刀者，已属不易。只是今日我要杀了徐达，他不能走。"说着便往车厢靠近。

刘客幽手腕一抖，抛出一方古砚。一方砚如一口井，古井无波，拦在了岂子道的身前。岂子道双眼精光一闪，沉声问道："你一定要阻挡我杀了他么？"

刘客幽说道："不错，今日你须得跨过我刘客幽的尸体，方能离开此地。"

在他身后，陆裁衣已经护着徐达出了车厢，斩断了拉车的马绳，上马而去。岂子道盯着刘客幽，杀意贯体，缓缓说道："三刀之内杀了你，我还能追得上他们。"

刘客幽略一欠身，右手一招，如古井的端砚里徽墨飞起，化作剑形，刘客幽右手执墨剑，一剑便向岂子道当胸刺去。

刀光一闪，如旭日的惊鸿闪过世人的双眼。

墨剑被刀光扫过，四下碎裂，刘客幽张口一吸，还未来及落地的碎墨便凝于空中，聚而不散，微一停顿后，又奇迹般地回归到端砚之中。

岂子道双眼中尽是激赏之色。他在弹指间重新调整了一下呼吸，一刀劈出，就连附着在刀身上的空气都被劈开，刘客幽面对着这样一把仿佛不存在于空与相中的长刀，感觉自己身后的山岭都好像被这一刀尽数摧毁。

刘客幽双手一抖，袖中飞出两卷宣纸。他执纸如刀，迎风展开，在岂子道这一记无空无相的灭世之刀的攻击下，举起了他浸淫已久的文道纸刀，与岂子道的长刀"修魔"绞缠在一起。

刀光一闪即没。

漫空飞纸如蝴蝶，刘客幽如遭重创，弃卷轴于地，单手抚胸，喘息不已。岂子道仍然过不了那口如井古砚。

岂子道看着他，说道："你以文入武道，精进至此，在江湖中已是一方巨擘。今日你若让开一条路，我不会杀你。"

刘客幽喘息良久，缓缓说道："我早年习文，二十岁后才由文通武，精研文武道间之关联，并彼此应证。徐相早年便待我不薄，如若没有徐相，客幽可能早就死在异乡。所以今日，很难遂了你的愿，我刘客幽为徐相战死，心安理得，不会有丝毫的恐惧和疑惑。"

岂子道说道："好！好一个心安理得！我岂子道今日能与你一战，也不算辱没了我这把长刀！今日就让我们战个痛快！"

他反手解开头上的发髻，一头灰白长发迎风飘舞，宛如魔神。刘客幽调息恢复，手中已多了一支狼毫湖笔。一笔点在空中，如点在了湖心，岂子道身前重重叠叠的劲力席卷而来，强悍如他都觉得自己的双臂如坠千斤。

岂子道哈哈一笑，双臂一震，挥刀便砍入了这绵密沉重的湖笔大势。他的刀如他的人，率性、妄为、极致、无悔。他的刀是湖水里燃烧的一团火，是长空下唯一没有极限的兵刃。他这一刀不仅砍入湖水，还砍入了山峦，砍入了大地、砍入了望也望不到尽头的乌云，他恨不得将这一刀送入整个尘世的尽头，再将所有眼睛所见与心中所想全部摧毁，直至人间重塑，四海复生。

岂子道的刀法是燃烧生命与激情的刀法，也是对所谓的"道"不屑一顾的刀意。他练刀时，众人皆以剑为尊。即便是铸器铁匠，也只有长孙增荣这样的铸剑师闻名天下。他深入十万大山，寻找到自古便隐居深山里的铸刀名匠传承夏无用，为他打造了这把极为贴切的长刀"修魔"。

魔现封神，道何有之。岂子道无视"道"所倡导的圆转、通融，而是将自己手中刀执着到了极致，打破了"道"的疆界，进入了"魔"的领域。他还极喜爱收集与"魔"有关的诗句，自创刀法"魔现封神"，并标榜自己"近来逢酒便高歌，醉舞诗狂渐欲魔。"

他这一刀，已经砍进、看尽了刘客幽的湖心，成为了刘客幽挥之不去的心魔！

湖水笔意如潮般退去，刘客幽不禁又咯了一口血。然而他却没有退却半步。端砚如井，蓦地喷出了大量徽墨，刘客幽长身跃起，袖里飞出了一卷宣纸，当空展开，他一笔在手，笔锋探入墨泉，饱蘸墨汁，一笔如锤，点在宣纸上，竟然发出金属交击的撞击声。

笔、墨、纸、砚，四器合一，刘客幽已祭出了自己最后的手段。

岂子道长刀一滞，竟然无法自如挥动。他心中一凛，欲收回刀势，却发现自己手中长刀竟然奇异地随着刘客幽在空中的笔势缓慢移动。他双臂再震，却无法改变趋势，眼见着自己的长刀居然调转了方向，往自己的脖颈处砍去。

刘客幽吐出胸中积血，也舍出了身家性命，施展出了自己性命交修的"下笔如有神"，在空中自行伸展开的宣纸上，以数十年来精研的文道武意，对着岂子道写出了一个"死"字。最后一笔上冠横带，正是刘客幽对着岂子道砍出的抹脖一刀。

岂子道在长刀将要砍上他脖颈之前，突然变换了气息。长刀再难寸进，岂子道的衣角瞬间泛起了黑色，这黑色以星火燎原之势蔓延了全身，就连他的胡子和头发都在一刹那间全部黑化。

岂子道抬起了头，用两只黑得可怕的眼睛看着空中的刘客幽，喟叹一声，长刀一举，已经摆脱了刘客幽的掌控。只见半空中刘客幽笔势乱走，那最后一笔"死"字顶上的一横，就是无法再继续写下去。

长空天色转暗，远处有一声闷沉的雷声。一场意料之中的小雨落了下来，雨声里，仿佛有一个人在不远处的山坡上吹响了笛音。

岂子道大喝一声，长刀"修魔"如一枚黑色的巨眼在空中一睁即合，悬浮在空中的宣纸、徽墨、湖笔如同被这只巨大的魔眼吞噬，眨眼间便在空中无影无踪。刘客幽的身形缓缓落下，盘膝坐在地上，面容安详、平和，与之前和岂子道全力相争而比，竟然显得轻松了许多。

一头黑发的岂子道仿佛年轻了十岁，看着盘坐于地的刘客幽，沉声问道："你还有什么事要交代的吗？"

刘客幽睁眼微笑，平和地说道："我发妻病逝，爱子已成人，无忧无虑，没有牵挂。今日能与子道兄一战，酣畅淋漓，实在是客幽离开前最好的经历。这么多年来随权势沉浮，幽幽我心，倦怠异常。我想歇息了，承蒙子道兄以无尽'狂''魔'刀意送我最后一程，客幽感激不尽。"

岂子道默然。刘客幽又道："我去了，若有来世，再与子道兄切磋武学。"

　　他右手一挥，如古井的端砚离地而起，砚台里的墨水飘散出来，在空中晃晃荡荡地组合在一起，一字一字，一共显出了八个字。岂子道反观坐在地上的刘客幽，已然没有了呼吸。他是一代儒学大家，没有佛教的圆寂、道家的羽化、玄学的破碎，他只是以一副血肉之躯坐化于此，与人世分离，七情断裂，成为了这个尘世里千千万万曾经活过、爱过、恨过，走过一遭的平凡黎民中的一员。

　　岂子道一字一字地念道："身虽是客，我心幽幽。刘客幽，你的名字必将在这个世间一代一代地流传下去，直至文道衰败，古字不复而止。"

　　说完，岂子道一口鲜血喷了出来，黑色的须发瞬间回复灰白。

　　李善长放下手中的千里镜，对身后的白日依山尽和王鸠郡下令道："去，将岂子道当场格杀！"

第二十六章 醉舞诗狂渐欲魔

白日依山尽闻言一惊，不可思议地看向李善长，竟然在那一刻微微失神。他之前听左丘飞鸿提起岂子道的旧事，心中本就十分仰慕，想一瞻当年快意恩仇、所向披靡的刀道宗师之风采。此次岂子道隔十余年后归来，左丘飞鸿派他去迎接，他心里也是十分雀跃。果然一见之后，轻易地为岂子道之不假修饰的锋芒刀意所折服，口称"岂师"，实际在内心，白日依山尽已经将岂子道作为自己日后剑道突破的名师了。

今日西流坡一战，岂子道长刀所指，义无反顾，一刀出手，砍尽悲欢离合，人心悠悠。对白日依山尽启发之深远，唯有他自己可以明白。与刘客幽最后性命相搏时，以刀引魔，化飘渺空相为六道魔眼，长刀"修魔"斩过之处，道已不存，唯有魔意。岂子道向刘客幽发出的最后一击对白日依山尽的震撼是他无法用言语描述的，在目睹那一刀之时，他只想拔出长剑，迎风疾舞，用手中剑来描摹那一刀之瑰丽奇谲。他甚至暗暗下定决心，以后自己也要走上"修魔"的道路，以剑之典雅，对比刀之率性，应证魔与道之间千丝万缕的勾连。

然而李善长所下的命令，对他来说无异于当头一棒，让他一下子失了主意。王鸠郡见他眼神迷离，对李善长的指令毫无反应，便用手推了推他，白日依山尽这才反应过来，躬身说道："请相爷三思。岂师于相爷和飞鸿会，或许都还会有巨大的助益。"

李善长回过身来，冷冷地看着白日依山尽，冷冷地说道："此次行刺徐达已失败，我不想留下任何线索和把柄，左丘找岂子道来，便是因为他与我们不会扯上任何关系，无论成功与否，都不留活口，徐达想查也死无对证。他现在已经受了重伤，你们二人下去应该可以将其击杀。速速前去，莫要耽误。"

白日依山尽还待辩解："可是相爷，会主他……"

"住口！"李善长低声呵斥，面色如铁，"混账东西！你们会主都要听我的号令，你倒敢不服我的指挥了吗？"

白日依山尽低首躬身，没有说话。

李善长面色一缓，沉声说道："对于岂子道的处置，左丘之前已和我商定好了，你不用怀疑。"

白日依山尽身躯微震，开口应道："是。"

岂子道以手中长刀支地，歪歪地立于场中，看着远处雨幕里越来越模糊的马蹄印，微微地叹了一口气。他虽杀了刘客幽，可也被刘客幽最后的"下笔如有神"反噬，筋脉受损不轻。加之自己最后施展"魔现封神"中的极诣，不惜损耗精气与寿命，格杀了刘客幽，但"魔现封神"对身体的损伤极大，所以刚才他吐出的那一口血，一半是因为刘客幽，一半是因为自己肆意妄为地穷尽刀斩之极限。

在朦胧的雨雾中，他仿佛看见了从前的自己、左丘飞鸿，和微生瑶。春风得意的他喜爱饮酒、烈马，和最漂亮的女人。他有一夜狂饮十斤花雕的事迹，只是在喝完之后吐了很久。微生瑶用自己贴身的手帕为他擦汗抹嘴，并不断地为他拍打后背。左丘飞鸿与他饮酒时低调、克制、随时保持警觉，他虽然觉得左丘飞鸿这个人做兄弟不差，可单论饮酒，他可是一点也不欣赏。岂子道还记得左丘飞鸿当年第一次为李善长做事，杀了敌对派系两个温润如水的谦谦长者，回来说与他听，他如何愤怒异常，拔刀相向，要与左丘飞鸿断须绝交，老死不相往来。现在回想起来，他觉得当年的自己也有些冲动、易怒，疏于言谈。想来左丘当年选择为了帮派而泯灭人性的时候，也自有其一番艰难的挣扎吧，而作为左丘最好的兄弟，自己竟连一丝一毫都未察觉。自己这个大哥，当得委实有些粗糙了。岂子道心里有时候会这样想。

雨下得渐渐密了起来，远处的笛声调子一转，在林间潮湿雾气的衬托下，听上去别有一番悲凉。

徐达和陆裁衣已经走远了，岂子道判断以现在自己的状态，应当是追不上了。之前伏击褚弦的紫衣挟刀斧也被刘客幽击伤了脏腑，短时间里是无法再行动了。岂子道突然想到了自己素未谋面的女儿，不知她在这烟雨迷离的天气里，会做些什么，是做刺绣女红，还是读书写字呢？她会不会盯着窗外密如离愁的小雨，想象她爹的模样，以至于在她恍惚的思绪里，会觉得她在朦胧阴暗的树影下，看到了一个梦境中出现过无数次的伟岸身影？

岂子道来不及去细想其中更多的可能，他听见自己的身后有两个人落地的声音。脚步声很轻，轻到一般人根本不会注意到这样细微的动静。他知道身后的二人是武学精湛的高手，他也知道他们是来干什么的，因为二人身上散发出来的杀气，无形中改变了他视野里的雨的形状，以及那一曲若即若离的笛音的轮廓。

他转过身来，看见了白日依山尽和王鸠郡。他笑了笑，像是早已知道会如此般坦然。

白日依山尽向他行了一礼，沉声说道："岂师还有什么心愿未了，尽可告诉白日，白日一定会竭尽所能为岂师办妥。"

岂子道摇了摇头，微微笑道："我的心愿，你完成不了。回去告诉左丘飞鸿，我不怨他。他是枭雄，我是人杰，我和他本就不是一个洞里的蚂蚁。只求快意恩仇、生尽欢死无憾的我，在当年也确实让他、瑶儿、以及我的女儿受了我的连累，现在想来，我委实有对不起他们的地方。你帮我和左丘说，希望他善待我的女儿，不要让她卷入江湖纷争，这一世就这么平平淡淡地活下去吧。"

白日依山尽低头拱手，沉声应道："自当如岂师所愿。岂师方才一战，刀入魔境，令白日醍醐灌顶，白日在岂师面前允诺，此生会以吾手中长剑继承岂师'弃道修魔'的衣钵，将道魔一体的武学义理不断应证下去，直至白日撒手人寰，长剑沉入水底而终。"

岂子道微微点头，对白日依山尽说道："未想到我一生刀道纵横，舍道修魔，没有一个传人。今日将死，却无意间激发了你对我武学的认知，世事如棋，委实难以预料。刀尽极致，剑入空门，你本是一个剑客，想以古典清雅之剑继承狂放不羁之刀意无界，也不是那么容易的事。"

他本想再说两句，劝慰白日依山尽莫被一时的冲动所蒙蔽，岂料白日依山尽反手拔剑，长剑指天，剑锋所向，如入长空无尽，刺破穹顶，而他一身白衣的衣袍下摆，竟微微泛起了黑气。

岂子道见状，不禁长叹一声，喃喃说道："有传人如此，死亦何妨。"他站直了身子，对白日依山尽说道："我未料到自己的刀意会被一个剑客继承，这也许就是天意吧。我的时间也不多了，没有太多的余裕继续教导你，便在我此生最后一刀之中，让你领略一下'魔现封神'的极诣吧。"

他对着默然半晌的王鸠郡说道："你人称鸠摩罗，师从天竺刹帝利宗，一身'湿婆罗刹'的硬功也算是武林一绝。李善长派你们来杀了我，也得尽你们的职责，我知道他就在斜对面的山坡上用千里镜看着我们。你和白日依山尽一起出手吧，接我最后这一刀。"

说完，岂子道执起长刀，整个人居然焕发出了一种前所未有的光彩。

他口中念念有词，仔细听去，是一首元稹的诗："近来逢酒便高歌，醉舞诗狂渐欲魔。五斗解醒犹恨少，十分飞盏未嫌多。眼前仇敌都休问，身外功名一任他。

死是等闲生也得，拟将何事奈吾何。"

　　白日依山尽和王鸠郡就在他念诗的刹那间同时出手了。剑过如风，荡起了心中的流连、惆怅、百转千回，却依然一往无前。王鸠郡拳掌皆出，在白衣素雪、一剑由心的白日依山尽身边，像一个只知杀戮与摧毁的邪神。他身体上仿佛生出六臂，每只手皆持有法器，这"湿婆罗刹"的强攻劲气犹如狮子搏兔，不可一世。杀气改变了雨滴的形状，使得岂子道身前的雨帘一半变为剑形，一半则化为三股叉、水罐、神螺、手鼓！

　　岂子道念完诗句，衣袍自下而上，浸入墨黑。他抬眼，一双眸子没有了眼白，全部转为极黑之色。灰白的胡须飘荡起来，在细雨中黑得油亮。他举起了手中的长刀"修魔"，竟连刀身与刀柄都化作了黑色。岂子道仿佛在另一个世界里默默祈祷，完全无视了白日依山尽的剑势与王鸠郡的强攻，剑锋刺入他的身体，伤口处流出了黑色的血。"湿婆罗刹"的法器重重地轰在岂子道的身上，岂子道张口一喷，竟然吐出了黑森森的魔气！

　　下一个刹那，白日依山尽与王鸠郡仿佛被一种莫可名状的巨大力量弹开，二人双双抛飞了出去。岂子道长刀出手，口中深沉喝道："长刀所至，莫非魔土！"

　　白日依山尽与王鸠郡只看见长空在一瞬间完全漆黑，细密的雨水被这一刀所带，全部化为黑水，汇聚成河流，缓缓地朝着刀尖的方向流去。黑色的天穹开始碎裂，碎裂处黑气缭绕，竟然探下来一只巨大的眼睛，凝视着长空下一切山川河流与芸芸众生。

　　鸠摩罗苦修"湿婆罗刹"，本以灭世之相为究极，今日亲眼得见岂子道这一刀之气象，不自觉地意欲伏地跪拜。白日依山尽却只是端坐于地，静静地看着这一刀，如一只无尽魔眼般席卷了刀尖与刀气所划过的疆界。

　　这一刀越过王鸠郡与白日依山尽，斜转往上，沿着山坡之势，吞噬了大片的虚空，黑雨如河，随刀势而去，眼看着便要掠上李善长身前那一片长草。李善长一惊，身后三个黑衣人拦在他身前，正欲出手格挡，却见天空从长夜转明，雨滴依旧自上落下，宛如魔眼的刀意，顷刻间在空中化为无形。

白日依山尽转头看向岂子道，只见他昂首而立，双目圆睁，长刀挥出，直指着李善长所在的方位，已然气绝。只是他最后的刀意不散，维持着他的须发成为了黑色，岂子道仿佛以比真实年龄年轻十余岁的容貌离开了人世。

至此，他与盘坐在地的刘客幽二人，一坐一立，面容安详，于一日之间，相继辞世。白日依山尽浑身微颤，站了起来，对着岂子道的尸身长鞠到地，久久不愿离开。

直到一只手抚上他的肩头，他才直起身子，看见左丘飞鸿不知何时已来到他身旁。白日依山尽满脸不解之色，对着左丘飞鸿问道："会主，会主，岂师为何一定要死？岂师为何一定要死？！"

左丘飞鸿沉默了一会儿，回答道："他是人杰，我是枭雄。他恃才傲物，我沉稳圆融，所以他适合成为江湖中的传说和神话，我适合带领帮派开疆扩土。他的时代已经过去了，对他来说，死也许是他最好的解脱。他人已去，可他的刀，他的道，却被你所继承，也算是死得其所。把他的尸身带回去秘密安葬了吧，还有他的刀，你好好保管，日后好好发扬他的魔意，莫枉费他拼了自己的性命向你呈现出来的'长刀所至，莫非魔土'之极诣。"

白日依山尽仿佛在左丘飞鸿的眼底察觉到了一丝悲痛，只是那悲痛一闪即逝，这令白日依山尽好像打定了什么主意。他低下头颅，缓缓地应道："谨遵会主教诲。"

第二十七章 这眼神不常见 却难忘

　　徐达与陆裁衣骑着马一路狂奔。这两匹马都是白葛达进贡给大明的良驹，朱元璋在徐达右相府落成的庆宴上，特派钦差送了四匹马过去，以表体恤。徐达将身体伏在马背上，随着马奔跑时的颠动而同步上下起伏，这样一来马儿便能跑得更快一些。

　　在徐达的记忆中，已经很久没有这样狼狈过了。上一次恐怕还要追溯到十几年前，在与陈友谅的一次战役中落败。上一刻还在自己身边士气高昂、鲜活澎湃的军士们，下一刻便在自己眼前惨遭屠戮，尸横遍野。那一役，徐达被几个贴身侍卫护送，骑着一匹快马，穿着从死去的兵丁身上扒下来的软甲作伪装，匆匆地逃离了战场。徐达无法忘记当时心中的恐惧与愤恨，以及如丧家之犬的狼狈。没有经历过生死的人，没有资格谈论生死，甚至连尊严是什么都未必理解。徐达的求生欲告诉他，尽管死亡是无可避免的，尽管逃亡是毫无尊严的，但是活着，才是比什么都重要的。多年之后，徐达率领着一支虎狼之师，携着悲痛与愤怒的士气，横扫了陈友谅的大军，取下了陈友谅的首级，一雪前耻。他以为自己此生不会再经历那样的屈辱和狼狈，然而今日，他在这白葛达良驹的脊背上，又重新体验到了与当年相同的感觉。

　　徐达望向身旁与他并驾齐驱的陆裁衣。陆裁衣伤得不轻，岂子道的刀不仅伤了他的血肉，刀气侵体，还震伤了他的经脉，陆裁衣在马背上颠簸厉害的时候还不停地小口咯血。胸口被刀刃撕裂的伤处也在流血，想来如果是一个寻常人的话，这样的伤势可能早已经要了命了。现在，陆裁衣还能驾马前行，只是他的脸很白，像流光了身体里一半的血液那样的白。

　　徐达没有再听到那笛声。那笛声自他上马后便在远处响起，小雨落下后，笛音由清亮转黯淡，在疾驰的风掠过耳后的同时，笛声显得凄凉、婉转，荡气回肠。然而现在，他听不到那笛声了，也许吹笛的人见雨势渐密，收了笛子，回到不知在哪里的屋檐下喝茶观雨去了吧。

　　天黑了下来，午时未到已如长夜。二人身下的马儿脚程极快，此时已经到了汤山围场的外沿。徐达勒住马头，停在原地，抬头看着无星无月的夜空。陆裁衣也停住了马，望向身后，刘客幽并没有赶来。天色很快就恢复了光亮，徐达摸了摸脸上的雨迹，发现自己的脸上竟然是徽墨一般的汁水。在密集朦胧的雨帘之中，赫然出现了八个楷体大字："身虽是客，我心幽幽。"

　　八个字在雨帘中飘荡了一会儿，一闪而没。徐达转头看向身边的陆裁衣，发现陆裁衣已经湿了双眼。他长吸了一口气，开口问道："裁衣，客幽是不是已经去了？"

　　陆裁衣望向徐达，徐达在他的眼睛里看到了一种生死与共的悲凉。这种眼神他在神武军的将士眼里看到过；在挡在他身前为他硬受敌人强弩箭矢的贴身死侍的眼睛里看到过；在一场大胜之后，抱住自己死去战友嚎啕大哭的勇武儿郎的眼睛里看到过。这样的眼神不常见，却难忘。

　　陆裁衣哽咽着回道："是的，相爷。客幽兄已不在人世了。"

　　徐达默然良久，马背上的他显得孤独、疲倦、厌烦。他经历过太多这样的生离死别，多到他已经记不清每次那些死去的面庞。他不禁想起了二十几年前，刘客幽初与他相识，只是一介穷书生，虽然文采飞扬，却还有着读书人的倔强和迂腐。他当时欣赏他的文道，将他带在身边作师爷文书之用，岂料他由文入武，文武双修，竟成为了江湖里一代以文入武道的巨擘。时光荏苒，已经二十年过去了。徐达想到这里，不禁长长地叹了一口气。

　　他昂起头，目光里是无比的坚定与热切。"客幽为我而死，如同这几十年来数以万计在战场上、敌袭中为我徐达而死的将士与朋友一样。我待客幽如亲兄弟，我不会让他白死，我会好好活着，而且会长久地活下去，这样才对得起千千万万为我而死的人。"徐达说完，转头看向陆裁衣，又说道："裁衣节哀，你伤得也不轻，莫要因为过于悲痛而加重了伤势。你我二人先至汤山围场与圣上汇合，再请随驾的太医为你疗伤。"

陆裁衣颔首称是。二人又驾着马往汤山围场的方向疾驰而去。

"唐家主可以走了，外面的战斗已经结束了。""失心疯"背负着双手，淡然地对着唐南诗说道。

唐南诗轻轻地"哼"了一声，却没有立刻离开，只是缓缓说道："以你的武功，无论是插手徐达或者李善长任何一方的争斗，战局顷刻间便会呈现一面倒的态势。你难道不想扶持其中一人成为万人之上，一人之下的权鼎，而自己也顺理成章地成为大明洪武第一人么？"

"失心疯"微微一笑，说道："不想，因为没什么兴趣。"

唐南诗哑然，随即问道："此间事了，阁下往后还有什么打算么？"

"失心疯"淡然说道："我此次中原之行，除了回来偿还一点当年的人情，也是为了亲身验证一下中原武林的绝顶武学。燕胡桑与迟重彻的身手我已现场观摩过，确实不凡。你唐家唐白木与飞鸿会左丘飞鸿的武功我也亲手切磋较量了，委实惊艳。关墨与蓝玄镜灵隐永福寺一战我也有幸在场边目睹，二人剑法也确实是当今武林中之无上技艺。特别是人称'天下第一剑'的关墨，更是引起了我的兴趣。此次事毕，我应该会去亲身感受一下他'无物不断'的剑意。"

唐南诗深深地看着眼前这个举手投足间都显示出轻松和平淡的男子，心下不禁有些骇然。如果有人不了解他，听他如此说话，可能会以为他真的是个失心疯。可唐南诗亲眼目睹了他与唐白木之间的交手，看到了他是如何毫发无伤地接下唐白木惊世骇俗的"器道"巅峰之作——"画星雕月，飞翼追风"。唐白木在这一战后自罚闭关，以求突破。而这个人却又好整以暇地与那个不世出的人物、飞鸿会会主左丘飞鸿激战一场，且好似并不怎么放在心上。刚才又说要去会一会关墨手中那柄"断空"，要知道武林中可没人轻言可以活着从关墨的剑下归来，然而唐南诗却觉得这个人无论说什么，他都不会有丝毫的怀疑。

唐南诗一拱手，说道："那么阁下保重了，南诗会静候阁下与关墨一战的结果。"

"失心疯"淡淡地说道："没什么，我看他与我是一路人，说不定切磋之后还能成为朋友。"

唐南诗深深地看了他一眼，说道："告辞。"说罢转身就走，突然又停住，回过身来问道："恕南诗鲁莽，阁下可是复姓'端木'？"

"失心疯"微微一笑，没有说话。唐南诗仿佛明白了些什么，微微欠身，转身离开了树林。

第二十八章　无从念想

左丘飞鸿坐在飞鸿会总会的议事厅中，看着手里岂子道留下的贴身长刀"修魔"。刀身宽大，比普通的长刀约超出了三分之一。刀鞘以乌木制成，两侧饰有一龙一象的浮雕，通体漆黑。刀柄很长，且粗，寻常人两只手握下刚刚好。从鞘里抽出刀身，如龙出水、象出林。铸刀名匠夏无用以雨纹精铁锻造此刀，刀背坚实似丘，刀刃断水分金，即便与当年一代名刀"大夏龙雀"相比亦不遑多让。

左丘飞鸿摩挲着粗长的刀柄，感受到了刀柄上因常年被岂子道捏握而形成的细微的手痕凹陷。这柄刀伴在岂子道身边已有十余年，这十余年来，岂子道不知道有多少次从刀鞘内抽出刀身，砍向敌人与对手、流寇和马贼、风与霜、云和月。也不知道在多少地方留下了这一柄旷世长刀出鞘的声音，也不知道有多少人曾亲眼目睹过这柄刀杀死了黎明和长夜。左丘飞鸿相信，在很多年以后，依然会有人在途经某处山崖边的时候，突然察觉到一丝若隐若现的劈断岩石的刀气；亦会有人在边塞草原上奔马时，蓦然觉得远处雪山化为刀形，对着整片草原作出了刀斩。岂子道的刀已经深入这片长空下的肌理，并会在不经意间向世人证明它曾在这个尘世存在过。

白日依山尽没有保留这把刀，虽然这把刀是岂子道的贴身之物，可白日依山尽不想一直被这把刀影响，而是想通过自己的剑去摸索真正属于自己的"魔"。他把刀还给了左丘飞鸿，希望能把这把刀交到岂子道的女儿岂明玖的手上。

就在左丘飞鸿看着手中的长刀不禁唏嘘的时候，白日依山尽已经从门外走了进来。左丘飞鸿放下手中的长刀，如同放下了一段回忆般轻轻地叹息了一声，抬头看向白日依山尽，问道："李相上朝回来说什么了？"

白日依山尽回道："圣上知道这件事后龙颜大怒，已让拱卫司介入调查此案，并命拱卫司一定要查个水落石出。圣上在殿上说，应天府是天子脚下，居然有人如此胆大包天，在京师行刺朝廷重臣，罪诛九族。不过李相在中枢内阁和拱卫司走了一圈，听他们说从现场看应当有五个人交手的痕迹，可现场只有一具坐化的文士尸体，以及一具尸首分离的弓箭手残尸。另外三个人，排除徐达身边一人护卫，另二人根本无从查起。徐达虽口述了刺客的相貌外形，可刺客就像凭空消失了一般，拱卫司在京师查探了几日，毫无线索，已做好长期查案的准备了。"

左丘飞鸿淡淡地说道："徐达与李相虽然都心知肚明，但谁也没有对方派人刺杀自己的证据。这么多年了，他们二人明争暗斗，党同伐异，私底下互相除掉了敌对派系的多少人，这笔账其实都能算得清的。拱卫司如果有用，早就揭穿这惊天的秘密了，还会等到今日么？两相相争，任他哪个衙门，即便知道了，都是不敢声张的。圣上也只是一时之气，过段时间慢慢就会把这件事情淡忘了，毕竟徐达仍然好端端地伺候在他左右。"

白日依山尽忽然说道："会主，白日不才，有一个疑问还望会主能够解惑。"

左丘飞鸿说道："你问。"

白日依山尽问道："如果有朝一日，飞鸿会真的帮助李相成功地铲除了异己，李相一人独大，统揽朝政，那么，我们飞鸿会届时会以怎样的身份存于京师？"

左丘飞鸿赞赏地点了点头，微笑说道："你能这么想，已经不枉我栽培了你这么多年。不错，飞鸿会可以崛起，确实是和李相有着莫大的关系。李相如此照顾飞鸿会，也是因为他的敌人太强大，他需要在朝廷之外，有一个可以依靠的势力。徐达之深谋远虑，不可谓不惊人。以唐门如此傲视武林，依旧成为他的附庸。在我去边塞之前，徐达也已派人找过燕胡桑，希望燕胡桑可以依附于他。据情报所说，刘客幽已去过杭州，成功笼络了西湖蓝家，强如蓝玄镜，也成为了日后他们手中一枚强有力的棋子。另外一些分布于各地的门派势力，更是数不胜数。大半个江湖，都可以和徐达以及徐达手下刘客幽为首的武者幕僚扯上关系。面对这样的形势，李相可以说丝毫不占上风，甚至可以说是落了下风。此时的他，如果没有飞鸿会贴身保护，就连每日出行都将会是一件极其凶险的事。平心而论，如果没有徐达，就不会有我飞鸿会的今日。但是，"左丘飞鸿话锋一转，娓娓说道，"如果徐达死于我们的刺杀，整个以他为首的派系瓦解，李相再在官场上两面夹击，这样一来，飞鸿会的地位便显得没有那么重要了。到时候，唐门、燕云教、蓝家、甚至三大世家，都不得不看李相的脸色。徐达一死，总要找出凶手，那么我们飞鸿会首当其冲，极有可能成为朝堂上权力倾轧的牺牲品和替罪羊。所以，"左丘飞鸿又微微笑了笑，继续说道，"徐达不可以死，两边一直保持着这种微妙的平衡，飞鸿会才可以在这样的局面里不断坐大。"

白日依山尽说道："会主所言极是，白日犹如大梦初醒，多谢会主解惑。"他顿了一顿，莫名开口问道："那么会主此次安排岂师刺杀徐达，是否也已经预料到会是这样的结局了呢？"

左丘飞鸿看了他一眼，并没有正面回答这个问题，却将话题荡开："唐南诗如果没有突然离开马队，以他之能，刘客幽也许并不会死。紫衣偷袭褚弦成功，却被刘客幽震伤了脏腑，失去战力，岂子道如果以一敌三，是杀不了刘客幽的。然而刘客幽之死，却是这场暗杀最大的成功。徐达的武者幕僚群龙无首，短时间内再难兴风作浪，我们也得以趁此机会喘息。只是整件事情仍然有一个最大的疑点——那个'失心疯'究竟是谁的人？武功高到如此闻所未闻的人物，究竟会是什么样的势力可以将其差遣？这一点，我还没能想通。"

白日依山尽沉默了一会儿，说道："会主，白日要回去了。"

左丘飞鸿说道："你先等一等，岂子道的女儿已经到了，见过了再走不迟。"

话音刚落，一个一身蓝色衣袍的年轻人带着一个娇小的姑娘走进了飞鸿会的厅堂。白日依山尽认出来蓝衣人便是多年未见的蓝衫经雨故，数年前被左丘飞鸿派出执行秘密任务，这是多年来第一次露面。他的眼神从蓝衫经雨故身上扫过，不自觉地停在了他身后那个小巧玲珑的姑娘身上。那姑娘不能说长得很美，但却有一种难描的温婉气质，温婉中又透着一些优雅、优雅里又有一些倔强、倔强中还显着一丝沉稳的娴静。白日依山尽从未见过这么复杂难明的女子，一时间竟然有些出神。

那姑娘走到左丘飞鸿的面前，微微欠身，施了一礼，说道："侄女岂明玖见过左丘叔叔。蓝衫大哥跟我说左丘叔叔这次找我来京师是因为我的生父，不知他现在可好？"岂明玖的声音很好听，像枝头的两只百灵鸟在鸣唱，只是声音里有一丝微微地颤抖。

左丘飞鸿温和地看着她，说道："明玖这几日在估衣廊的宅子里住得还习惯吗？"

岂明玖回道："住得太好了，吃得也好，劳烦左丘叔叔安排得如此妥当，蓝衫大哥也辛苦了。"

蓝衫经雨故站在她身后左侧，像一朵浪花站在一片海水里。

左丘飞鸿说道："住得惯就多住些日子，待我最近闲下来了，再去那宅子里看你。"

岂明玖抬起头来，眼神亮得像长日里的焰火。她看着左丘飞鸿的眼睛，款款说道："不敢打扰左丘叔叔，玖儿见过生父便要回去了，家里三姨和三姨父都还等着玖儿回去。左丘叔叔，我爹他在哪？"

左丘飞鸿微微地喟叹了一声，开口说道："这几日我一直在想该如何对你说这件事，但想来想去，总是不知道该如何起头。可这么拖下去也不是办法，长痛不如短痛，明玖，你可做好准备。"他停顿了一下，看着岂明玖那张清纯可爱的面孔，缓缓说道，"你爹岂子道，已于三日前在京师西流坡为飞鸿会战死。"

白日依山尽察觉到岂明玖身上散发出来的期待之火焰熄灭了，如果那是一朵盛开的鲜花，那么这朵花在刚刚也顷刻凋零。本来明亮耀眼的姑娘没有了，取而代之的是一片无声的黯淡。

左丘飞鸿拿过桌案上的长刀"修魔"，对岂明玖说道："这是你爹生前使用的兵器，你拿回去吧，也好作个念想。"

岂明玖看了一眼长刀，摇摇头，说道："三姨说，娘是被爹逼走的，虽然娘一直跟她说，她不恨他，只是不能再和他生活下去了，可三姨恨他。三姨恨他这么多年，都没有来管过我们母女俩的死活，娘死了，还是左丘叔叔帮娘报的仇，三姨让我这次来，要为这事儿好好地谢谢左丘叔叔。玖儿从小没有见过爹，也没想过要见到他，本来今日即使相见，恐怕也是尴尬的场面，玖儿还在心里想会和他说些什么。嗯，也不知道他会和我说些什么。他会摸摸玖儿的头，问玖儿这么些年过得好不好吗？还是问这么多年过去了，玖儿会不会恨他？我其实心里根本不知道要如何回答，玖儿刚才心里还慌得很。现下好了，左丘叔叔说他已经死了，玖儿的心里突然觉得轻松了许多，嗯，不用再见到他，也不用再回答他的问题，对玖儿来说，好像比他死了都还要重要呢。"

一滴泪从她的眼眶里滑落下来，滴在了地上，像一片乌云的枯萎。岂明玖推开左丘飞鸿手里的长刀，说道："玖儿不要这把刀，还是请左丘叔叔代为保管吧。从来没有在玖儿身边出现过的人，玖儿也没有念想他的必要。您说是吗，左丘叔叔？"

左丘飞鸿默然。半晌，他才说道："明玖别回去了，就住在京师，这样我也能照顾到你。蓝衫会去鹰潭把你的三姨和三姨父接过来，估衣廊那处宅子就给你们住吧。"

岂明玖说道："玖儿谢过左丘叔叔，娘泉下有知，一定也会感激左丘叔叔的。"

第二十九章 先斩为敬

　　燕胡桑与燕笑我走进应天府城门的时候，应天府刚刚下起了入冬以来的第一场雪。雪势虽然不大，城中居民却也纷纷撑起了木质油纸伞。燕笑我鄙夷地看着熙来攘往的京师百姓，略带不屑地说道："应天虽然繁华，可这里的人们却养尊处优，暖衣饱食，比起我们边塞的儿郎就差得远了。这点点小雪都要打伞，草原上的酷劣不是他们可以承受的。"

　　燕胡桑抬眼看着漫天飞舞的雪花，缓缓说道："应天地处江南，气候湿润，即便下雪也是以湿雪为主，落在地面和衣上不会久存，化作水就湿了衣衫，与边塞的干雪相比，形似却实有分别。所以这里的人们习惯于在雪天撑伞，遮挡雪花，莫教这场小雪濡湿了衣裳与头发。"

　　燕笑我伸出手去，果然雪花落在他手掌中顷刻间便化为雪水，和落在飞檐、地面、人们脸上的雪花一样。他站在这场雪中，突然预感到在很多年以后，自己也会站在同样的一场雪中，教导自己的孩子莫要轻浮武断。也许雪只是光阴的另一种样貌，燕笑我冥冥中似有觉悟——自己可以经历每一个弹指，每一次弹指的光阴都分毫不差，然而每一次弹指都是唯一的，正如每一场雪都是无二的一样。

　　正在燕胡桑与燕笑我走在京师的街头感受这一场江南的初雪时，一个手捧水盆，腋下夹着断掉的牌匾，腰间悬着一把剑的麻衣男子也默默地走进了应天府的城门。守城的卫兵拦下他，盘问他是来京师做什么的。麻衣男子说道："我是一个卖鱼的。"

　　卫兵说道："卖鱼的为什么要佩剑？"

麻衣男子回道：“我的鱼卖得很贵，我怕有人图谋钱财对我不轨，要带一把剑防身。”

卫兵有些不信地问道：“就你这两条鱼能卖多贵？”

麻衣男子说道：“五百金。”

卫兵吓了一跳，心想这人怕是个疯子，不是疯子恐怕也是和哪个达官贵人或者飞鸿会能扯上关系的性格古怪的江湖人，就像上次在城门口遇到的那个刀客。想到那个刀客卫兵就开始头疼，为了不让自己的头继续疼下去，他挥了挥手，让眼前这个卖鱼的剑客进城去了。他并不知道，那个令他头疼的刀客已经在京师的某处与世长辞，而眼前的这个卖鱼剑客也并不会让人头疼。在“天下第一剑”关墨的剑下，只会有人失去头颅，而不是头疼。

关墨却并不像燕胡桑和燕笑我父子那样在意这一场小雪。他只是在雪中行走，雪花落入他手中的水盆，是水进入了水，也是鱼与雪的歌。自杭州灵隐永福寺与蓝玄镜一战后，他便萌生了再返京师的念头。这念头是如此的没来由，蓦然得仿佛是灯火阑珊处的一回首。手中为何总是端着一盆鱼，永福寺断裂的牌匾为何不忍割舍，关墨并不知道。他觉得自己活在一团迷雾之中，这迷雾也许有答案，然而自己好像却在抗拒这个答案的同时，又渴望获得答案。无休无止在水盆中环绕纠缠的锦鲤是一场永不停止的幻梦，梦境的力量太过强大，使得关墨觉得自己恍若从未醒来。雪也是梦的一部分，梦通过雪的形式蔓延。每一片雪花都是一场精细的幻境，而无数场幻境的源头可能只是年迈的乐师口中的一曲笛音。

关墨在雪中行走的时候听到了笛声。笛声从北面而至，不似是从京师某处传来，而像是来源于很远很远的边塞之地。笛声里有很浓烈的雪意，以至于曲子本身仿佛有了冰冷的六角形轮廓。关墨在笛声里听到了一种喜悦，一种旷然的醒悟，一种实质上对本源和真相的释然。他不知道这隐于雪中的笛音确实来自于遥远的边塞草原，来自于二十日之前的一个夜晚，来自于草原上大雪里的顿悟，来自于一个叫吴弹笛的音武道巨擘对一场幻境起源的探寻。

光阴与距离的变化往往使人陷入僵局，然而一场独一无二的大雪却可以埋藏一个事件，雪藏的诗意打破光阴与距离的束缚，使这个事件又在另一场独一无二的大雪中被传递、重演。每一片雪花都是不一样的，但是每一场雪本身都具有被统一拓印、复刻的整体气质。

关墨走到了秦淮河岸的著名古渡口——桃叶渡。桃叶渡之名的由来盛传有二：其一是传说在东晋时期，秦淮河与古青溪水道两条河的岸边栽满了繁缛的桃树，春天起风的时候就会有接连不断的桃叶轻浮水面，被风吹得四处飘零，撑船的艄公望那满河浮泛的桃叶，笑谓之桃叶渡。

其二是传说东晋书法家王献之有个爱妾叫"桃叶"，她往来于秦淮两岸时，王献之放心不下，常常都亲自在渡口迎送，并为之作《桃叶歌》："桃叶复桃叶，渡江不用楫；但渡无所苦，我自迎接汝。"从此渡口名声大噪，久而久之渡口也就被称呼为桃叶渡了。

今日有雪，平时热闹的桃叶渡竟无人迹。渡口的水面上偶尔会有一艘船划过，留下一串被船桨击碎的水痕。关墨站在桃叶渡的古牌坊下，出神地看着牌坊两侧意味深长的坊联：楫摇秦代水，枝带晋时风。他不知道为什么自己会怀念这里，正如他不知道自己为何会怀念灵隐一般。

将手中水盆放下，腋下的牌匾置于一旁，关墨盘膝而坐，在古桃叶渡口，安静得像是在等待一艘也许永远都不会出现的画舫。雪越下越大了，雪花落在他的头发，肩头，双手，薄薄地积了一层，远看过去恍如是他身上浮起的五片云朵。

也不知过了多久，一艘乌篷船顺流而下，缓缓地行经了桃叶渡口。船头站着一个男子，神色淡然，雪花还没落到他的身上，就在距离他数寸的地方蒸发了。他与这场雪毫无关联，实际上他看上去与这个尘世都没有什么羁绊。他将目光投到关墨身上的时候，关墨正巧睁开了双眼。

　　乌篷船依旧不停，顺着水流驶过渡口，往文德桥的方向过去了。船头已没有了人，人已在渡口边的牌坊下，和关墨并肩盘膝而坐，静静地看着雪落入河道里，听六角冰晶化成水的韵律。关墨忽然开口问道："你认识我？"

　　那人回道："是。"

　　关墨说道："可我不认识你。"

　　那人微微一笑，说道："我是专程来见你的。"

　　关墨不语。那人继续说道："遍访了中原所有武道名家，我将与你的这次切磋放在了最后，以此来表示我对你的尊重。你是我心里认为的中原最强武者，所以你有资格知道我的名字。我复姓端木，单名一个荒字。"

　　关墨仍然没有说话。端木荒不以为意，缓缓说道："我这半生游历了波斯、东瀛、高丽、天竺、暹罗、吕宋、泽甘、古尔、度尔格、厄日多、塞尔柱，也领略了各域的武学。平心而论，各域各国虽然对武学的理解不尽相同，但武学与当地文史思辩的联系不可谓不深。我读过他们的诗文，也饮过各地的美酒。我热衷波斯的细密画和度尔格的宏伟建筑，喜爱东瀛的樱花和那里女孩子的精致服装，赞叹过天竺沙门的苦行和厄日多瑰丽的锥状教塔。每一国的顶尖武者都是本国风土与玄学的大师，他们用身体和动作阐述自己的心得与妙悟，用'武'来谱写一门俗世人无法明白的学说。我找到他们之中的翘楚，以彼此的武动对话，历尽四海，未尝一败，也无人有资格知道我的名字。此次返回中土，果然遇到不少惊才绝艳之辈，但最让我意外的，便是你的存在。你与蓝玄镜那一战意犹未尽，我在惊叹你剑心如道的同时，却又有一丝惋惜，觉得你的剑意虽然已高不可攀，但似乎并不完整。无物不断的剑势尽管无匹，可施展出来的时候却像是隔着一层阻碍。我心中觉得奇怪，按理不应如此，于是我就托一个人查了你的生平。"

　　关墨静静地坐在牌坊下，好像端木荒说的这一切都与他毫无关系。端木荒眺望着河岸对面的白墙黑瓦，依旧娓娓说道："原来你之前有一个妻子，相伴多年，你为了她淡出江湖，深居简出，二人住在杭州灵隐腹地深处，屋前有一块水田，粗茶淡饭，偶尔会去永福寺里求一个平安。只是三年前，你发妻病逝，你于她过世半年后重入江湖，手捧水盆锦鲤，成了一个默默无闻的街头卖鱼人。你发妻的死对你的影响太大，使得你本来割海断空的剑意变得残缺、乏力，想来如果是以前的你，蓝玄镜可能都接不住你的第二剑。只是如果你一直围于这种深沉的悲痛无从得脱的话，恕我直言，以你目前的状态，不会是我的对手。"

关墨突然站了起来。他一动，头上、肩膀、双手上覆盖的积雪就掉落了一些下来，像是他身上也下起了一场微小的初雪。他转过身子，看着眼前的端木荒，淡然说道："如果一柄剑只能割海断空，那么终究也不过是道之下品。琳儿过世后，我悲痛难捱，几欲赴死。思忖良久，我最终决定以剑意斩断所有与琳儿相关的回忆，割裂过往的自己，只以现下的'半我'而存于世。"他看了看脚下的水盆和牌匾，语调温和地说道，"琳儿生前最爱锦鲤，家中水塘里一直养着几只。她嫌灵隐寺香客太多，僧人浮夸，偏爱永福寺里布局精致，人少清净，偶尔会去寺里烧几炷香。只是谁料到这也求不来平安，琳儿终究还是撒手人寰。"关墨仿佛轻轻地叹息了一声，只是这声音微小得还不及雪花落下的动静。他看着端木荒的眼睛，接着说道："我以为斩断执念可以求得解脱，只要今后无人再在我面前提及此事，我便可以一世没有这些悲痛，孤独而漠然地死去。岂料今日被你提到，破了我的'断念'，那么以前的那个关墨，连带着这些悲伤，便于今日又重新回来了。"

话音刚落，关墨并未拔剑，空气中却无端地出现了撕裂虚空的剑气。端木荒一跃而起，往后倒纵，只见地上的水盆一分为二，牌匾断成数截。水盆中的锦鲤并未受损，随盆中水流到岸边，扑腾了几下，翻身打挺，落入了渡口边的河流之中。下一刻，矗立在桃叶渡口的楠木牌坊轰然断开，上半截拍在水面上，发出了巨大的声响。

端木荒立在远处，口中喃喃自语道："以剑断念，神乎其技。关墨，你果然没有令我失望。"

　　牌坊倒下的瞬间，关墨的人已不在原地，只见雪花纷飞，秦淮河水翻滚。关墨所过之处，漫天雪花尽皆分成两半，河水从中间分开，如被一柄巨大无比的利器切断了脊背。然而此时，关墨依旧没有拔剑。

　　端木荒眼前一花，关墨手握剑柄，已站在他身前。关墨冷冷的声音传进了他的耳膜深处，亦如一柄长剑割音入体："执念因你而返，我先斩为敬了。"

　　关墨拔剑。"断空"在大雪中出鞘，仿佛连天上的雪云都被腰斩。端木荒眼前恍若闪过意味不明的画面；佛陀在沙罗双树下顿悟阿赖耶识，老子骑青牛跨空入天道玄门，庄周身化鲲鹏却梦见蝴蝶，波斯真主伸出双手如天降雷电只为摘取人间一朵睡莲。

　　然而，这些画面都被一剑斩断！屠神灭佛，无物不断！

　　端木荒长啸一声，山海共举，数不尽的山脉与浩如烟海的波涛崛起，拦在这一剑之前。然而山脉与瀚海在这一剑之下却显得薄如蝉翼，关墨这一剑是"断念"后的第一次释放，是数年来首次与过往的自我融合后的发作，这一剑斩入山川，山岭破碎如瓦；这一剑斩入深海，海水断裂如帛。这一剑斩入世间所有坚硬与柔软，有形与无相，这一剑斩在了所有"道"的额头，仿佛已君临在所有"道"的顶端。

　　"断空"斩了下去，没有斩中端木荒的人，却斩进了一片无生无灭的荒芜之中。

　　端木荒身化大荒，施展出了在对决左丘飞鸿时都没有使出的"大荒经"之"地老天荒"！

　　就在关墨与端木荒于桃叶渡对决之时，燕胡桑带着燕笑我正一前一后地走进了飞鸿会的大门。

第三十章 生死看淡 自求多福

京师的这场初雪越下越大了。雪花虽然湿润，却也慢慢地积了下来，城内的官道、屋檐、树枝上都覆盖了一层白雪。本来热闹的京师街头因为这场大雪变得冷清，只有零星的一些买卖摊主还坚持着在大雪中继续吆喝着自己的营生。

李善长坐在相府书房里，正在翻看着左丘飞鸿上次送过来的那本宋版《山海经》。这《山海经》的历史可以追溯到周代中后期，书中内容大多以地貌、方位、奇珍异兽、神话传说为主。汉代刘歆校定《山海经》为十八篇，后晋代郭璞则增入《大荒经》四篇、《海内经》一篇，并改篇为卷，总为二十三卷。又为之注音二卷，增图，作《图赞》二卷。李善长手中的这本《山海经》便是以各种山川、河流、海域、异兽之图录为主，辅以文字注解。此书共分三个部分，分别为《山经》、《海经》与《大荒经》。

《山经》分为《山海经·南山经》、《山海经·西山经》、《山海经·北山经》、《山海经·东山经》、《山海经·中山经》五个部分。

《海经》分为《山海经·海外经》、《山海经·海内经》。其中《山海经·海外经》包括《山海经·海外南经》、《山海经·海外西经》、《山海经·海外北经》、《山海经·海外东经》四个部分；《海内经》包括《山海经·海内南经》、《山海经·海内西经》、《山海经·海内北经》、《山海经·海内东经》四个部分。

《大荒经》包括《山海经大荒东经》、《山海经大荒南经》、《山海经大荒西经》、《山海经·大荒北经》、《海内经》五个部分。

李善长多日来一直在研读这部由那个失心疯留在飞鸿会里的奇书，却并无收获。

他跟随太祖多年，所到之处不可谓不多。即便远如边塞或者西域，也在多年前便留下了他的足迹。可是书中记载的很多山脉与海域，以及各种物产、异兽，自己都是闻所未闻，见所未见。他虽自幼读书，好舞文弄墨，可一直读的都是经史子集，圣人之言。子不语怪力乱神，李善长也不喜那些鬼狐仙怪、蛊惑人心的书籍，所以他一直以来都未翻阅过例如《山海经》、《搜神记》这样的杂卷。这几日读来，虽然也被书中所描绘的山海景象、奇兽异世所吸引，可李善长并不能理解这样的一本书究竟为何会被撰写出来，并存在于世。

合上书页，李善长慢慢地踱到窗边，心里琢磨着失心疯将这本书留在飞鸿会到底意味着什么。窗户没有大开，只掖了一个小缝，因为天气寒冷，书房里烧着一个火盆。李善长想不明白这其中的关窍，心中有些憋闷，伸手推开窗户，看见窗外的大雪已经将后院里曲径通幽的碎石小径掩埋了。天空失去了颜色，这场雪吸收了长空下几乎所有的颜色，肆无忌惮地将这些异彩归置到六角冰棱的反光里，成为了观雪者眼底的神色。

李善长突然想起十几年前，他与徐达、常遇春一起站在长江边的一处雪地里，为第二天的出兵排布共同商讨。徐达是远征大将军，统领三军，他是督战军师，在后方运筹帷幄。三日后远征军大捷，当晚就地庆功，徐达与他坐在中军大帐中推杯换盏，情同手足，帐外也是下着大雪，帐中也是烧着一个硕大的火盆。

李善长正望着雪景默默出神，管家李奇庵却忽然急匆匆地跑进书房来，气喘吁吁地叫着："相爷，不好了！不好了，相爷！"

李善长转过身子，有些惊讶地看着他。李奇庵跟着他已经二十几年了，见过不少大风大浪，各地的达官贵人也接触过不少，平日里都是沉稳淡然，今日居然慌成这样，想必是真的出了什么大事了。

李善长问道："出什么事了？"

李奇庵回道："相爷，徐，徐达他，他闯进来了！"

李善长顿时心头火起，大声呵斥道："怎么不拦住他！一群废物！"

李奇庵委屈地说道："相爷，小人，小人拦不住他，府里也没人敢拦着他…"

李善长气得浑身发抖，指着李奇庵骂道："蠢材！憨货！没用的奴才！养你们这么多年有什么用！？一个个都是只吃饭不拉磨的废驴！"

他正在骂着李奇庵，就听见徐达的声音从走廊里传过来："李善长老匹夫！老匹夫你在哪？干什么你们？全给我让开！谁敢拦我徐达，我灭他满门！李老匹夫，你出不出来？"

李善长怒火中烧，正待走出书房门外与他对骂，却见人影一晃，徐达已经冲进了书房，身后跟着王鸠郡、白日依山尽及一众下人。徐达看见李善长，用手指着他鼻子骂道："好你个李老匹夫，龟缩在这里让我这好找！你就没胆子出来见我么！"

李善长破口骂道："徐达你个泼驴！你是吃了屎了么？我堂堂中书左丞相会怕你这个没脑子的粗胚？笑话！只听过人赶驴，没听过人怕驴的！"

徐达怒喝道："老匹夫你真是给脸不要脸！下贱玩意！你以为拱卫司查不出来你就可以猖狂了么？休想！意图谋害朝廷重臣可是死罪，管你是什么狗屁丞相！"

李善长冷冷说道："是你先假传情报，让我派左丘去玉门关拦截乌鲁特的车队，谎称元十二皇子在车上，随后就派人行刺我，当晚如果不是有贵人相助，谋害朝廷重臣的可就是你了！"

徐达骂道："我呸！你可有证据么？莫要血口喷人！汤山围场狩猎那日，若不是你派人阻拦了唐南诗，刘客幽也不会为我而死！唐南诗后来已经告诉我了，那是一个来自于海外的绝顶高手。老匹夫你说，是不是你安排的？"

李善长喝道："荒谬！倒是你在车上安排了一个惊世高手，回到应天后阻截左丘，就连左丘都差点败于他手！你到底是何居心！"

徐达冷笑道："我怀中就有唐南诗画出的高手人像，拿出来给你看看是不是你的人。"

李善长说道"我这里也有左丘描摹的高手绘像，也拿出来让你这榆木脑袋看看。"

二人同时拿出了怀中的纸卷，打开一看，纸上的人像居然出奇得相似。徐达与李善长二人同时"咦"了一声，对视一眼，彼此都看到了对方眼中的惊惧。李善长大袖一拂，对李奇庵和众下人说道："都出去！带上门！离开书房三十步远！"众人遂全部出了书房。

李善长眼中精芒一闪，沉声问道："徐达，我且问你一事，你须如实回答。乌鲁特马车上的这个人是不是你安排的？"

徐达摇了摇头，说道："我只是让客幽安排了一个武者幕僚在车上而已，事发后他一直没有回归，也没有消息，我以为他已经死在飞鸿会的手上了。"

徐达突然问道："汤山围场狩猎那日，困住唐南诗的这个人也不是你安排的？"

李善长冷笑道："他要是我的人，你觉得自己还能活着到汤山围场么？"

徐达疑惑地说道："这个人可以知晓我的计划，取代了我安置的武者上了乌鲁特的车，也可以知晓你的安排，在西流坡困住唐南诗，让你的人杀死了刘客幽，说明这个人背后的势力既在我身边有耳目，也在你的身边有探子，而当今天下有胆子和实力可以在你我二人身边安插耳目的人 …"

李善长紧张地说道："你我位极人臣，身边的骨干也是精挑细选，身世来历都是查得清清楚楚。能如此瞒天过海，连你我都查不出身边耳目真实身份的背后势力，也只可能是 …"

徐达与李善长忽然双眼圆睁，惊恐地看着对方，嘴巴微微张开，想说话却又像受了绝大的震慑而无法出声。徐达满面惊慌，支支吾吾地说道："难道是，难道是，圣 …"

李善长断喝一声："住口！"他自己也心跳极快，一时间恍若老了几岁，整个人瘫坐在宽大的椅子上，不知该如何是好。

徐达与他默默地在书房里坐了一会儿。二人心念疾闪，想到了很多很多事情，想到这些事情暗中都有一双眼睛看得明明白白，记得真真切切，不由得都从心底升起了一股寒意。

李善长长叹一声，开口说道："徐相。"

徐达看了他一眼，回道："李相。"

李善长沉声说道："我们这么多年来明争暗斗，铲除异己，自以为神不知鬼不觉，可以只手遮天，岂料还是被拿捏在股掌之中啊。"

徐达叹道："是啊，利欲熏心，权大遮眼。你我二人以为整个天下可以均分，却忘了这究竟是谁的天下了，唉。"

李善长疲倦地说道："罢了罢了，你我还争什么呢？自今日起生死看淡，自求多福吧。"

徐达站起身来，深深地看了他一眼，行了一礼，说道："徐达告辞。"

第三十一章 过往春秋一壶酒

明洪武四年，李善长称病辞官，告老还乡，回亳州定远老家安度晚年。太祖赐临濠地若干顷，设置守坟户一百五十家，赐给佃户一千五百家，仪仗士二十家。李善长在殿上长跪不起，领旨谢恩，并力荐同乡胡惟庸给太祖，其时胡惟庸在中书省拜参知政事。

同年正月，元朝皇太子、天下兵马大元帅爱猷识礼达腊与元大将库库聚集在和林，借塞外地域辽阔之势，休养生息，准备卷土重来。鉴于此，太祖授予徐达"征虏大将军"头衔，徐达重领大将军令，赴北平训练兵士、修缮城池，以加强防御。

二人各奔东西之前，徐达也曾在李善长离开京师当日，去剪子巷里的左相府送了李善长。

李善长站在车马边，对徐达语重心长地说道："今日一别，你我二人不知何时才能再相见了。"

徐达哈哈一笑，说道："斗了这么多年，李相还有点舍不得我这一介武夫了么？"

李善长不禁莞尔，捋须笑道："善长今日告老归乡，徐相日后无人斗了，不知还会不会寂寞呢。"

徐达正色道："李相有所不知，徐达在殿上已向圣上请辞中书右丞相一职，圣上虽未当场恩准，但也并未否决。徐达日后只愿执掌这大将军令，北伐元寇，不会再在这纸醉金迷的京师之中与任何人争权夺利了。"

李善长拱手说道："徐相英明，善长痴长几岁，却还没有徐相拿捏得精准，惭愧。"

徐达也拱手道："李相谦虚了。如若徐达此番北伐征虏可以活着回来，自当去定远与李相共饮一杯。"

李善长眼望皇宫方向，不禁唏嘘："一将功成万骨枯，徐大将军这一仗，不知又要逝去多少个春秋？唉。"

二人作别，车马启程，飞鸿会按照李善长的嘱咐，并未有一人前来相送。李善长对左丘飞鸿说："千万莫来，免得让圣上更加恨我。"一月之后，左丘飞鸿独自去定远探望了李善长。他到了定远李府的时候，李善长正坐在院子里喝一壶瓜片。

左丘飞鸿坐下与李善长闲话了一会儿家常，李善长说道："我临行前已嘱咐胡惟庸日后多关照飞鸿会，圣上对他赞赏有加，不出数年，胡惟庸便会成为京师新的掌权者，所以左丘你放心，飞鸿会不会随我离开而没落的。徐达已挥师北上，征伐爱猷识礼达腊，他也无暇再插手京师中的任何纷争。据我所知，唐门、西湖蓝家、徽州木家都脱离了他的掌控，正在另择明主。我与徐达相争这么多年，此刻二人却几乎同时辞去丞相一职，远离京师，江湖中群龙无首，飞鸿会也不宜冒进，韬光养晦个几年吧。"

左丘飞鸿默然不语。李善长喝了一口茶，看着天井里的一口大水缸，悠悠问道："我说左丘，你跟着我这么多年，一心为了飞鸿会，自己可有什么未完成的心愿么？"

左丘飞鸿蓦然想到，在很多年前的一个夜晚，自己年岁尚轻，被仇家追杀，心爱的女子与自己连夜奔逃，却还是被仇家追上，展开厮杀。自己虽能自保，可也被敌人缠住，只得眼睁睁地看着自己心爱的女人死在了仇家的手上。长夜当哭，左丘飞鸿也陷入苦战，后来幸亏岂子道与微生瑶闻讯赶到，与他联手灭却了敌人。他当晚抱着情人的尸身痛哭不止，岂子道与微生瑶浑身浴血，却也陪着他一直折腾到天光破晓。自那之后，左丘飞鸿就再也没有哭过，这件事也让他明白了人轻命贱的道理。

李善长见他一直默不作声，知道他心中有事，却也不宜多问，只是吮吸着茶壶嘴，接着说道："人生苦短，若还有什么未了的心愿，不如在自己可以完成的时候就尽快做了吧。等你到了我这一把年纪，很多事情恐怕已经是有心无力了。"

左丘飞鸿在定远并未多待，第二日便返回了京师。京师无事，很多年来未曾松弛的他也有些不太习惯。用过午饭，他独自走到秦淮河边的桃叶渡，看着河面上船只来来往往，河岸边熙来攘往的人群接踵摩肩。桃叶渡口的牌坊又被重新竖了起来，三年前关墨与不知名的人物在此一战时毁掉的牌坊被飞鸿会收了回来，藏于总会的仓库中，白日依山尽经常在库里端详牌坊的断口，以此研习关墨剑法中的道意。而另外一人却没有留下任何痕迹。左丘飞鸿当年曾在一战之后来此探查，除了被关墨"无物不断"的巅峰剑意所震撼外，也为另一人没有留下任何线索而感到惊骇。

他立于渡口，看着顺流而下的河水，不禁感叹燕胡桑当初的眼光。燕胡桑三年前走进飞鸿会的大门，与他谈论天下局势，称李善长和徐达功高盖主，一定不会久盛，此时如果他燕云教归顺了任何一方，都有可能在数年内失去庇佑。故燕胡桑决定静观其变，回归边塞，将势力进一步在边塞扩张，务求在数年之内吞并回鹘人的地盘，成为北元和大明之间最强大的帮派。

左丘飞鸿孤零零地站在牌坊下，深觉自己这么多年来失去了太多的朋友和子弟。如果我不是飞鸿会之主，那么子道也不会死，我和燕胡桑可能也是朋友。他在心里这么想的时候，远处的船上就响起了惆怅而忧郁的洞箫之音。

是年秋，岂明玖在京师大户董家产下龙凤胎，一儿一女平安落地。岂明玖的婚事是左丘飞鸿帮她操办的，她以左丘飞鸿义女的身份嫁入了京师第一富户董家，董家之人觉得是和飞鸿会结了亲家，也深觉满意。董家给岂明玖的女儿取名董蒿淑，儿子取名董蒿柏，一家人骤得两孙，也是欢天喜地。只是数月后，岂明玖与她相公发觉女婴性情暴戾，无法养育，不禁急红了双眼。左丘飞鸿知道后派蓝衫经雨故将女婴接了过来，经过数日观摩，左丘飞鸿发现女婴竟有三重性情，各不相同。啧啧称奇的同时，左丘飞鸿知会董家，先将女婴放在飞鸿会养育，待女婴性情稳定后再让她回归董家。董家无法，只得照办。

女婴渐渐长大，谁也不服，唯独在左丘飞鸿怀里时憨态可掬，乖巧异常。左丘飞鸿心中对她很是喜欢，可也发现唤她正名董嵩淑时，有两个性情不予理睬。左丘飞鸿心想应该给那两个性情也取一个名字。当晚皓月当空，左丘飞鸿怀抱女婴站在窗边，突然想起了自己当年那个最爱的女子。于是他微微张口，对着怀中女婴轻声叫道："尤真，尤真。"女婴咧嘴大笑，手舞足蹈，竟是认了这个名字。

左丘飞鸿将女婴哄睡着后，一时间情绪难以平复。他已有多年未曾唤起那个名字，今日自口中因情而出，不经意间牵动了这数十年来深藏在心中的忧伤悲苦，于是他竟在女婴床边默默地流下泪来。

疲倦与孤寂似潮水袭卷，使得他突然很想喝一碗当初自己最爱的桂花黄酒。

他不知道，四年前西流坡下，岂子道以长刀拄地，目望东方的时候，心里想的也是最后再喝一碗黄酒——"画影"。